PALOMAR

Obras do autor publicadas pela Companhia das Letras

Os amores difíceis
Assunto encerrado
O barão nas árvores
O caminho de San Giovanni
O castelo dos destinos cruzados
O cavaleiro inexistente
As cidades invisíveis
Coleção de areia
Contos fantásticos do século XIX (org.)
As cosmicômicas
O dia de um escrutinador
A entrada na guerra
Eremita em Paris
A especulação imobiliária
Fábulas italianas
Um general na biblioteca
Marcovaldo ou As estações na cidade
Mundo escrito e não escrito — Artigos, conferências e entrevistas
Os nossos antepassados
Um otimista na América — 1959-1960
Palomar
Perde quem fica zangado primeiro (infantil)
Por que ler os clássicos
Se um viajante numa noite de inverno
Seis propostas para o próximo milênio — Lições americanas
Sob o sol-jaguar
Todas as cosmicômicas
A trilha dos ninhos de aranha
O visconde partido ao meio

ITALO CALVINO

PALOMAR

Tradução:
IVO BARROSO

2ª edição
2ª reimpressão

COMPANHIA DAS LETRAS

Copyright © 2002 by Espólio de Italo Calvino
Proibida a venda em Portugal

*Grafia atualizada segundo o Acordo Ortográfico da
Língua Portuguesa de 1990, que entrou em vigor no Brasil em 2009.*

Título original:
Palomar

Capa:
Raul Loureiro

Preparação:
Márcia Copola

Revisão:
*Larissa Lino Barbosa
Victor Barbosa*

Atualização ortográfica:
Verba Editorial

*Os personagens e as situações desta obra são reais apenas no universo da ficção;
não se referem a pessoas e fatos concretos, e não emitem opinião sobre eles.*

Dados Internacionais de Catalogação na Publicação (CIP)
(Câmara Brasileira do Livro, SP, Brasil)

Calvino, Italo, 1923-1985.
Palomar / Italo Calvino ; tradução Ivo Barroso. — 2ª ed. —
São Paulo : Companhia das Letras, 1994.

Título original: Palomar.
ISBN 978-85-7164-409-0

1. Romance italiano I. Título.

94-2777 CDD-853.91

Índices para catálogo sistemático:
1. Romances : Século 20 : Literatura italiana 853.91
2. Século 20 : Romances : Literatura italiana 853.91

Todos os direitos desta edição reservados à
EDITORA SCHWARCZ S.A.
Rua Bandeira Paulista, 702, cj. 32
04532-002 — São Paulo — SP
Telefone: (11) 3707-3500
www.companhiadasletras.com.br
www.blogdacompanhia.com.br
facebook.com/companhiadasletras
instagram.com/companhiadasletras
twitter.com/cialetras

AS FÉRIAS DE PALOMAR

PALOMAR NA PRAIA

Leitura de uma onda

O mar está levemente encrespado e pequenas ondas quebram na praia arenosa. O senhor Palomar está de pé na areia e observa uma onda. Não que esteja absorto na contemplação das ondas. Não está absorto, porque sabe bem o que faz: quer observar uma onda e a observa. Não está contemplando, porque para a contemplação é preciso um temperamento conforme, um estado de ânimo conforme e um concurso de circunstâncias externas conforme: e embora em princípio o senhor Palomar nada tenha contra a contemplação, nenhuma daquelas três condições, todavia, se verifica para ele. Em suma, não são "as ondas" que ele pretende observar, mas uma simples onda e pronto: no intuito de evitar as sensações vagas, ele predetermina para cada um de seus atos um objetivo limitado e preciso.

O senhor Palomar vê uma onda apontar na distância, crescer, aproximar-se, mudar de forma e de cor, revolver-se sobre si mesma, quebrar-se, desfazer-se. A essa altura poderia convencer-se de ter levado a cabo a operação a que se havia proposto e ir-se embora. Contudo, isolar uma onda da que se lhe segue de imediato e que parece às vezes suplantá-la ou acrescentar-se a ela e mesmo arrastá-la é algo muito difícil, assim como separá-la da onda que a precede e que parece empurrá-la em direção à praia, quando não dá até mesmo a impressão de voltar-se contra ela como se quisesse fechá-la. Se então considerarmos cada onda no sentido de sua amplitude, paralelamente à costa,

■ *PALOMAR NA PRAIA*

será difícil estabelecer até onde a frente que avança se estende contínua e onde se separa e se segmenta em ondas autônomas, distintas pela velocidade, a forma, a força, a direção.

Em suma, não se pode observar uma onda sem levar em conta os aspectos complexos que concorrem para formá-la e aqueles também complexos a que essa dá ensejo. Tais aspectos variam continuamente, decorrendo daí que cada onda é diferente de outra onda; mas da mesma maneira é verdade que cada onda é igual a outra onda, mesmo quando não imediatamente contígua ou sucessiva; enfim, são formas e sequências que se repetem, ainda que distribuídas de modo irregular no espaço e no tempo. Como o que o senhor Palomar pretende fazer neste momento é simplesmente ver uma onda, ou seja, colher todos os seus componentes simultâneos sem descurar de nenhum, seu olhar se irá deter sobre o movimento da água que bate na praia a fim de poder registrar os aspectos que a princípio não havia captado; tão logo se dê conta de que as imagens se repetem, perceberá que já viu tudo o que queria ver e poderá ir-se embora.

Homem nervoso que vive num mundo frenético e congestionado, o senhor Palomar tende a reduzir suas próprias relações com o mundo externo e para defender-se da neurastenia geral procura manter tanto quanto pode suas sensações sob controle.

A crista da onda vindo para a frente ergue-se num determinado ponto mais do que nos outros e é ali que começa a se preguear de branco. Se isto acontece a certa distância da praia, a espuma tem tempo de revolver-se sobre si mesma e desaparecer de novo como que tragada e no mesmo momento tornar a invadir tudo, mas desta vez surgindo de baixo, como um tapete branco que soergue a fímbria para acolher a onda que chega. Porém, quando se espera que a onda role sobre o tapete, damo-nos conta de que já não existe mais a onda, mas apenas o tapete, e mesmo esse rapidamente desaparece, torna-se uma cintilação da areia alagada que se retira veloz, como se para contê-lo houvesse um expandir-se da areia seca e opaca avançando seu rebordo ondulado.

Ao mesmo tempo precisa-se considerar as reentrâncias da frente, em que a onda se divide em duas alas, uma que tende em direção à praia da direita para a esquerda e outra da esquerda para a direita, e o ponto de partida ou de chegada dessa divergência ou convergência é aquela ponta em negativo que segue o avançar das alas mas sempre se mantendo um pouco atrás e sujeita ao sobrepor-se alternado delas, para que não venha a ser alcançada por uma outra onda mais forte embora também esta com o mesmo problema de divergência-convergência, ou talvez por outra ainda mais forte que resolva o impasse rompendo o nó.

Tomando como modelo o desenho das ondas, a praia avança na água pontas apenas esboçadas que se prolongam em bancos de areia submersos, como as correntes os formam e desfazem a cada maré. Foi uma dessas línguas baixas de areia que o senhor Palomar escolheu como ponto de observação, porque as ondas nelas batem obliquamente de uma parte e de outra, e ao cavalgarem por cima da superfície semissubmersa vão encontrar-se com as que chegam da outra parte. Assim, para se compreender como uma onda é feita é necessário ter-se em conta esse impulso em direções opostas que em certa medida se contrabalançam e em certa medida se somam, e produzem um quebrar geral de todos os impulsos e contraimpulsos no mesmo alagar de espuma.

O senhor Palomar está procurando agora limitar seu campo de observação; se tem presente um quadrado de, digamos, dez metros de praia por dez metros de mar, pode levantar um inventário de todos os movimentos de ondas que ali se repetem com frequência variada dentro de um dado intervalo de tempo. A dificuldade está em fixar os limites desse quadrado, porque, por exemplo, se ele considera como o lado mais distante de si a linha em relevo de uma onda que avança, essa linha ao aproximar-se dele irá, erguendo-se, ocultar de sua vista tudo o que está atrás; e eis que o espaço tomado para exame se destaca e ao mesmo tempo se comprime.

Contudo, o senhor Palomar não perde o ânimo e a cada

■ *PALOMAR NA PRAIA*

momento acredita haver conseguido observar tudo o que poderia ver de seu ponto de observação, mas sempre ocorre alguma coisa que não tinha levado em conta. Se não fosse pela impaciência de chegar a um resultado completo e definitivo de sua operação visiva, a observação das ondas seria para ele um exercício muito repousante e poderia salvá-lo da neurastenia, do infarto e da úlcera gástrica. E talvez pudesse ser a chave para a padronização da complexidade do mundo reduzindo-a ao mecanismo mais simples.

Mas todas as tentativas de definir esse modelo devem levar em consideração uma onda que sobrevém em direção perpendicular ao quebra-mar e paralela à costa, fazendo escorrer uma crista contínua e apenas aflorante. Os saltos das ondas que se desgrenham para a praia não perturbam o impulso uniforme dessa crista compacta que a corta em ângulo reto sem que se saiba para onde vai nem de onde vem. Pode ser um fio de vento do nascente que move a superfície do mar em sentido transversal à corrida profunda que vem das massas de água do largo, mas essa onda que nasce do ar recolhe de passagem também os impulsos oblíquos que nascem da água e os desvia e os corrige em seu sentido levando-os consigo. Assim vai continuando a crescer e a tomar forma para que o encontro com as ondas contrárias não a amorteça aos poucos até fazê-la desaparecer, ou então a torça até fazê-la confundir-se numa das tantas dinastias de ondas oblíquas, levada à praia com as outras.

Prestar atenção em um aspecto faz com que este salte para o primeiro plano, invadindo o quadro, como em certos desenhos diante dos quais basta fecharmos os olhos e ao reabri-los a perspectiva já mudou. Além do mais nesse entrecruzar-se de cristas diversamente orientadas o desenho de conjunto se torna fragmentado em espaços quadrados que afloram e se desvanecem. Acresce que o refluxo de cada onda também possui uma força que se opõe às ondas supervenientes. E se concentrarmos a atenção nesses impulsos retroativos vai nos parecer que o verdadeiro movimento é aquele que parte da praia em direção ao largo.

Será que o verdadeiro resultado a que o senhor Palomar está prestes a chegar é o de fazer com que as ondas corram em sentido oposto, de recuar o tempo, de discernir a verdadeira substância do mundo para além dos hábitos sensoriais e mentais? Não, ele chega até a experimentar um leve sentido de reviravolta, mas é tudo. A obstinação que impulsiona as ondas em direção à costa já ganhou a parada: de fato, elas aumentaram bastante. O vento estaria mudando? É pena que a imagem que o senhor Palomar havia conseguido organizar com tanta minúcia agora se desfigure, se fragmente e se perca. Só conseguindo manter presentes todos os aspectos juntos, ele poderia iniciar a segunda fase da operação: estender esse conhecimento a todo o universo.

Bastaria não perder a paciência, coisa que não tarda a acontecer. O senhor Palomar afasta-se ao longo da praia, com os nervos tensos como havia chegado e ainda mais inseguro de tudo.

O seio nu

O senhor Palomar caminha ao longo da praia solitária. Encontra raros banhistas. Uma jovem está estendida na areia tomando banho de sol com os seios à mostra. Palomar, homem discreto, volve o olhar para o horizonte marinho. Sabe que, em tais circunstâncias, a aproximação de um desconhecido leva não raro as mulheres a se cobrirem depressa, e isso não lhe parece bom: porque é desagradável para a banhista que tomava seu sol tranquila; porque o homem que passa se sente um elemento perturbador; porque o tabu da nudez fica implicitamente confirmado; e porque as convenções respeitadas pela metade propagam insegurança e incoerência no comportamento em vez de liberdade e franqueza.

Por isso é que ele, mal vê esboçar-se ao longe o perfil brônzeo rosado de um torso feminino nu, apressa-se em assumir com a cabeça uma postura tal que a trajetória de seu olhar permaneça suspensa no vazio e garanta seu respeito civil pela fronteira invisível que circunda as pessoas.

"Contudo", pensa, seguindo adiante e, mal o horizonte se desobstrui, readquirindo o livre movimento do bulbo ocular, "eu, assim procedendo, ostento uma recusa em ver, ou seja, também acabo por reforçar a convenção que torna ilícita a vista de um seio, ou melhor, instituo uma espécie de sutiã mental suspenso entre os meus olhos e aquele seio que, do deslumbramento surgido dos confins de meu campo visual, pareceu-me jovem e agradável à vista. Em suma, o meu não olhar pressupõe que eu esteja pensando naquela nudez, que me preocupe com ela, e isto é, no fundo, ainda uma atitude indiscreta e retrógrada."

Voltando de seu passeio, Palomar passa de novo em frente à banhista, e desta vez tem o olhar fixo diante de si, de modo que este aflore com uniformidade equânime a espuma das ondas que se retraem, os cascos dos barcos puxados para o seco, o lençol de espuma estendido sobre a areia, a lua transbordante de pele mais clara com o halo moreno do mamilo e o perfil da costa no embaciamento da distância, acinzentada contra o céu.

"Muito bem", reflete, satisfeito consigo mesmo, prosseguindo o caminho, "consegui fazer com que o seio fosse absorvido completamente na paisagem, e também que meu olhar não pesasse mais que o olhar de uma gaivota ou de um peixe."

"Mas será realmente justo proceder assim?", reflete ainda, "ou não passa de um achatamento da pessoa humana ao nível das coisas considerá-la um objeto, e o que é pior, considerar objeto aquilo que na pessoa é específico do sexo feminino? Não estarei talvez perpetuando o velho hábito da supremacia masculina, endurecida com o passar dos anos numa insolência consuetudinária?"

Volta e torna a voltar sobre seus passos. Ora, ao fazer com que seu olhar deslize sobre a praia com objetividade imparcial, procede de maneira que, mal o seio da moça penetre em seu campo de vista, perceba-se uma descontinuidade, um desvio, quase um sobressalto. O olhar avança até quase aflorar a pele estendida, retrai-se, como que avaliando com um leve estremecimento a consistência diversa da visão e o valor especial que essa adquire, e por um momento permanece a meia altura, descrevendo uma curva que acompanha o relevo do seio a uma certa distância, elusivamente mas também protetoramente, para depois retomar seu curso como se nada houvesse acontecido.

"Creio que assim minha posição se manifestará bem clara", pensa Palomar, "sem mal-entendidos possíveis. Mas

■ *PALOMAR NA PRAIA*

esse sobrevoo do olhar não poderia afinal de contas ser compreendido como uma atitude de superioridade, uma supervalorização daquilo que um seio é e significa, um modo de mantê-lo de certa maneira à parte, à margem ou entre parêntesis? Eis que então volto a relegar o seio à penumbra em que o mantiveram durante séculos a pudicícia sexomaníaca e a concupiscência como pecado..."

Essa interpretação vai contra as melhores intenções de Palomar, que embora pertencendo a uma geração madura, para a qual a nudez do peito feminino se associava à ideia de uma intimidade amorosa, aceita de maneira favorável essa mudança nos costumes, seja pelo que isso representa como reflexo de uma mentalidade mais aberta na sociedade, seja porque tal vista lhe resulte particularmente agradável. É esse encorajamento desinteressado que gostaria de exprimir em seu olhar.

Faz meia-volta. Em passos decisivos avança mais uma vez em direção à moça estendida ao sol. Agora o seu olhar, lambendo voluvelmente a paisagem, deter-se-á no seio com especial cuidado, mas apressando-se em envolvê-lo num impulso de benevolência e gratidão por tudo, pelo sol e o céu, pelos pinheiros recurvos e a duna e a areia e os escolhos e as nuvens e as algas, pelo cosmo que gira em torno daquelas cúspides aureoladas.

Isso deveria bastar para tranquilizar devidamente a banhista solitária e desobstruir o campo das ilações desviadoras. Porém, mal ele volta a aproximar-se, eis que a moça se levanta de um salto, cobre-se, e esbaforida afasta-se com um aborrecido sacudir de ombros como se fugisse das insistências molestas de um sátiro.

"O peso morto de uma tradição de maus costumes impede-a de apreciar em seu justo mérito as intenções mais esclarecidas", conclui amargamente Palomar.

A espada do sol

O reflexo no mar se forma quando o sol descamba: um brilho ofuscante se estende do horizonte até a costa, feito de uma infinidade de cintilações que ondulam; entre uma cintilação e outra, o azul opaco do mar escurece a sua rede. As barcas brancas tornam-se negras contra a luz, perdem consistência e extensão, como que consumidas por aquele pontilhado resplendente.

É a hora em que o senhor Palomar, homem tardio, pratica sua natação vespertina. Entra na água, afasta-se da praia, e o reflexo do sol se torna uma espada cintilante na água que do horizonte se prolonga até ele. O senhor Palomar nada na espada ou, melhor dizendo, a espada permanece sempre diante dele, retraindo-se a cada uma de suas braçadas e jamais se deixando alcançar. Por todo o espaço em que ele estende os braços, o mar adquire seu opaco tom vespertino, que se alonga até a praia atrás dele.

Enquanto o sol desce para o ocaso, o reflexo branco incandescente se colore de ouro e de cobre. E seja onde for que o senhor Palomar se coloque, o vértice daquele triângulo agudo e dourado é ele; a espada o segue, indicando-o como um ponteiro de relógio que tivesse por eixo o sol.

"É uma homenagem pessoal que o sol me presta", é tentado a pensar o senhor Palomar, ou melhor, o eu egocêntrico e megalômano que nele habita. Mas o eu depressivo e autopuni-

■ *PALOMAR NA PRAIA*

tivo que coabita com o outro no mesmo contentor objeta: "Todos os que têm olhos veem o reflexo que os segue; a ilusão dos sentidos e da mente os mantém sempre prisioneiros". Um terceiro condômino intervém, um eu mais equânime: "Quer dizer que, seja como for, faço parte dos indivíduos que sentem e pensam, capazes de estabelecer uma relação com os raios solares, e de interpretar e avaliar as percepções e as ilusões".

Todo banhista que a esta hora nade em direção ao poente vê a nesga de luz que se dirige para ele e que se extingue pouco além do ponto a que sua braçada o leva: cada um deles tem o *seu* reflexo, que só para ele tem aquela direção e se desloca com ele. De ambos os lados do reflexo, o azul da água é mais escuro. "Será esse o único dado não ilusório, comum a todos, a escuridão?", indaga-se o senhor Palomar. Mas a espada se impõe igualmente aos olhos de cada um deles, não há como fugir dela. "O que temos em comum será justo aquilo que é dado a cada um como exclusivamente seu?"

As pranchas a vela deslizam na água, cortando com abordagens oblíquas o vento de terra que se ergue a esta hora. Figuras eretas mantêm a retranca com braços esticados como arqueiros, contendo o ar que estaleja contra a tela. Quando atravessam o reflexo eis que, em meio ao ouro que as envolve, as cores da vela se atenuam e é como se o perfil dos corpos opacos entrasse na noite.

"Tudo isso acontece não no mar, nem no sol", pensa o nadador Palomar, "mas dentro de minha cabeça, nos circuitos entre os olhos e o cérebro. Estou nadando em minha mente; é apenas ali que existe esta espada de luz; e o que me atrai é precisamente isto. Este é o meu elemento, o único que poderei de certa forma conhecer."

Mas pensa também: "Não posso alcançá-la, está sempre além, não pode ser ao mesmo tempo algo dentro de mim e algo em que eu nado, se a vejo permaneço fora dela e ela permanece fora".

Suas braçadas começam a ficar mais difíceis e incertas: dir--se-ia que todo o seu raciocínio, em vez de aumentar-lhe o prazer de nadar no reflexo, o estivesse deprimindo, como que o fazendo sentir nisso um limite, ou uma culpa, ou uma condenação. E também uma responsabilidade a que não pode fugir: a espada existe só porque ele está ali; se ele fosse embora, se todos os banhistas voltassem para a praia, ou simplesmente virassem as costas ao sol, onde acabaria a espada? Do mundo que se desfaz, o que gostaria de salvar é a coisa mais frágil: aquela ponte marinha entre seus olhos e o sol poente. O senhor Palomar já não tem vontade de nadar; está com frio. Contudo, continua: agora tem que ficar na água para que o sol não desapareça.

Então pensa: "Se vejo e penso e nado no reflexo, é porque no outro extremo está o sol lançando seus raios. Só conta a origem do que é: algo que meu olhar não pode suster senão de forma atenuada como neste entardecer. Todo o resto é reflexo entre reflexos, inclusive eu".

Passa o fantasma de uma vela; a sombra do homem-árvore desliza entre as escamas luminosas. "Sem o vento, essa geringonça que funciona graças a uns nós de plástico, ossos e tendões humanos, escotas de náilon, não se manteria de pé; é o vento que faz dela uma embarcação que parece dotada de uma finalidade própria e de um intuito; é só o vento que sabe para onde vai a prancha e o surfista", pensa ele. Que alívio se conseguisse anular seu eu parcial e duvidoso na certeza de um princípio do qual tudo deriva! Um princípio único e absoluto do qual têm origem os atos e as formas? Ou antes um certo número de princípios distintos, linhas de força que se entrecruzam dando uma forma ao mundo tal como ele aparece, único, instante por instante?

"... o vento e também, está implícito, o mar, a massa de água que sustenta os sólidos que boiam e flutuam, como eu e a prancha", pensa o senhor Palomar bancando o morto.

Seu olhar voltado para cima contempla agora as nuvens vagantes e as colinas nebulosas dos bosques. Seu eu também está ao revés nos elementos: o fogo celeste, o ar que corre, a água que berça e a terra que sustenta. Seria isso a natureza? Mas nada do que vê existe na natureza: o sol não se põe, o mar não tem aquela cor, as formas não são as que a luz projeta na retina. Com movimentos inaturais das articulações ele flutua entre os espectros; lastros humanos em posições inaturais deslocando seu peso desfrutam não o vento mas a abstração geométrica de um ângulo entre o vento e a inclinação de um maquinismo artificial, e assim resvalam na pele lisa do mar. A natureza não existe?

O eu flutuante do senhor Palomar está imerso num mundo desincorporado, interseções de campos de forças, diagramas vetoriais, feixes de retas que convergem, divergem, se refrangem. Mas dentro dele permanece um ponto onde tudo existe de outro modo, como um nó, um coágulo, um obstáculo: a sensação de que está aqui mas poderia não estar, num mundo que poderia não ser mas é.

Uma onda intrusa turva o mar liso; um barco a motor irrompe e segue além expandindo um cheiro de combustível e soerguendo a barriga chata. O véu de reflexos untuosos e cambiantes do combustível se desfaz flutuando dentro da água; aquela consistência material que desaparece no ofuscamento do sol não pode ser posta em dúvida por esse traço da presença física do homem, que asperge sua esteira de perdas de combustível, resíduos não assimiláveis, misturando e multiplicando a vida e a morte em torno de si.

"Este é o meu hábitat", pensa Palomar, "e não é uma questão de aceitá-lo ou excluí-lo, pois só neste meio posso existir." Mas e se a sorte da vida sobre a terra já tivesse sido traçada? Se a corrida em direção à morte se tornasse mais forte do que qualquer possibilidade de recuperação?

A onda escorre, vagalhão solitário, até não alcançar mais a praia; e o que parecia ser apenas areia, cascalho, algas e minúsculas conchas de crustáceos, com a retirada da água agora se revela um limbo de praia constelado de frascos, caroços, preservativos, peixes mortos, garrafas de plástico, sandálias rasgadas, seringas, manchas negras de óleo.

Arrastado também pela onda do barco a motor, envolvido pela maré de escórias, o senhor Palomar de súbito se sente detrito entre os detritos, cadáver rolado sobre as praias-imundícies dos continentes-cemitérios. Se nenhum outro olhar, a não ser o olhar vidrado dos mortos, se abrisse sobre a superfície do globo terrestre, a espada não tornaria mais a brilhar.

Pensando bem, tal situação não é nova: já durante milhões de séculos os raios de sol pousaram sobre a água antes que existissem olhos capazes de recolhê-los.

O senhor Palomar nada embaixo da água; emerge; eis a espada! Um dia um olho saiu do mar, e a espada, que já estava ali à sua espera, pôde finalmente ostentar toda a esbelteza de sua ponta aguda e seu fulgor cintilante. Tinham sido feitos um para o outro, a espada e o olho: e talvez não tenha sido o nascimento do olho que tenha feito nascer a espada, mas vice-versa, porque a espada não podia recusar um olho que a observasse de seu vértice.

O senhor Palomar pensa no mundo sem ele: aquele inexistente de antes de seu nascimento, e aquele bem mais escuro de depois de sua morte; procura imaginar o mundo antes dos olhos, de qualquer olho; e o mundo que amanhã por uma catástrofe ou lenta corrosão se torne cego. O que ocorreria (ocorre, ocorrerá) naquele mundo? Pontual, um dardo de luz parte do sol, reflete-se no mar calmo, cintila no tremular da água, e eis que a matéria se torna receptiva à luz, diferencia-se dos tecidos vivos, e de repente um olho, uma multidão de olhos floresce, ou refloresce...

Agora todas as pranchas de surfe estão estiradas sobre a praia e até mesmo o último banhista tiritante — de nome Palomar — sai da água. Está convencido de que a espada existirá mesmo sem ele: finalmente enxuga-se com uma toalha de banho e volta para casa.

PALOMAR NO JARDIM

Os amores das tartarugas

Há duas tartarugas no pátio: macho e fêmea. Slack! Slack! As carapaças se chocam uma contra a outra. É a época dos amores. O senhor Palomar, sem ser visto, espia.

O macho aborda a fêmea pelo lado, contornando o realce do degrau. A fêmea parece resistir ao ataque, ou pelo menos lhe opõe uma imobilidade um tanto inerte. O macho é menorzinho e mais ativo; dir-se-ia mais jovem. Tenta insistentemente montá--la, mas o dorso da carapaça dela está descido e ele escorrega.

Agora parece que conseguiu colocar-se na posição correta: arremete em golpes rítmicos, pausados; a cada investida emite um arquejo, quase um grito. A fêmea está com as patas anteriores aplacadas contra o solo, o que a leva a erguer a parte traseira. O macho braceja com as patas dianteiras sobre a carapaça dela, esticando o pescoço para a frente, estendendo-se com a boca aberta. O problema dessas carapaças é que não há onde agarrar-se, e além do mais as patas não têm poder de apreensão.

Agora ela se lhe esquiva, ele a persegue. Não que ela seja mais veloz nem muito decidida a escapar: ele, para detê-la, dá pequenas mordidas numa das patas, sempre na mesma. Ela não se rebela. O macho, toda vez que ela para, tenta montá-la, mas ela dá um pequeno passo para a frente e ele escorrega e bate com o membro no chão. É um membro bastante longo, em formato de gancho, com o qual se diria que ele tenta al-

PALOMAR NO JARDIM

cançá-la mesmo se a espessura das carapaças e a posição incômoda os separam. Assim não se pode dizer quantos desses avanços chegam a bom termo, quantos fracassam, quantos são apenas brincadeira, encenação.

É verão, o pátio está deserto, só há um jasmineiro verde num canto. A corte consiste em fazer vezes sem conta a volta ao canteirinho, com perseguições e fugas e entreveros não com as patas mas com as carapaças, que se entrechocam com um estalido surdo. Entre os troncos do jasmineiro é que a fêmea procura intrometer-se; crê — ou quer fazer crer — que faz isso para esconder-se; mas na verdade essa é a maneira mais segura de ficar bloqueada pelo macho, imobilizada sem saída. É possível que agora ele tenha conseguido introduzir o membro como se deve; mas desta vez estão os dois paradinhos, em silêncio.

Quais são as sensações de duas tartarugas que se acasalam, é algo que a imaginação do senhor Palomar não consegue apreender. Ele as observa com fria atenção, como se se tratasse de duas máquinas: duas tartarugas eletrônicas programadas para se acasalarem. Como será o eros se em lugar da pele temos lâminas de osso e escamas de chifre? Mas não será talvez aquilo a que chamamos eros um programa de nossas máquinas corpóreas, mais complexo porque a memória recolhe as mensagens de todas as células cutâneas, de todas as moléculas dos nossos tecidos e as multiplica combinando-as com os impulsos transmitidos pela vista e aqueles suscitados pela imaginação? A diferença está apenas no número de circuitos envolvidos: de nossos receptores partem milhares de fios, ligados ao computador dos sentimentos, dos condicionamentos, dos vínculos entre as pessoas... O eros é um programa que se desenvolve nos emaranhados eletrônicos da mente, mas a mente também é pele: pele tocada, vista, recordada. E as tartarugas, encerradas em seu estojo insensível? A penúria de estímulos sensoriais as obriga a uma vida mental concentrada, intensa, leva-as a um conhecimento interior cristalino... Talvez o eros das tartarugas siga leis espirituais absolutas, enquanto nós estamos prisioneiros de um mecanismo que não sabemos como

22

funciona, sujeito a obstruções e a entraves, a se desencadear em automatismos sem controle...

Será que as tartarugas se entendem melhor que nós? Após uns dez minutos de acasalamento, as duas carapaças se desprendem. Ela na frente, ele atrás, voltam a girar em redor do canteiro. Ora o macho permanece mais destacado, vez por outra gesticula com uma patada sobre a carapaça dela, sobe-lhe um pouco em cima, mas sem muita convicção. Voltam para debaixo do jasmineiro. Ele lhe morde um pouco uma das patas, sempre no mesmo ponto.

O *assovio do melro*

O senhor Palomar tem esta sorte: passa o verão num lugar onde cantam muitos pássaros. Enquanto se estende numa espreguiçadeira e "trabalha" (na verdade tem ainda outra sorte: a de poder dizer que trabalha em locais e ambientes que se diriam do mais absoluto repouso; ou, melhor dizendo, está condenado a sentir-se obrigado a não deixar de trabalhar, mesmo quando repousa sob as árvores numa manhã de verão), os pássaros invisíveis entre os ramos despejam em torno dele um repertório das mais variadas manifestações sonoras, envolvem-no num espaço acústico irregular e descontínuo, anfractuoso, mas no qual o equilíbrio se estabelece entre os vários sons, nenhum deles se elevando sobre os outros em intensidade ou frequência, e todos soando num intrincado homogêneo, mantido em conjunto não pela harmonia mas pela leveza e transparência. De modo que na hora mais cálida a multidão feroz dos insetos não impõe seu domínio absoluto sobre as vibrações do ar ocupando sistematicamente as dimensões do tempo e do espaço com o martelar ensurdecedor e ininterrupto das cigarras.

O canto dos pássaros ocupa uma parte variável na atenção auditiva do senhor Palomar: ora ele se afasta como um componente do silêncio de fundo, ora se concentra como que distinguindo-os trinado por trinado, reagrupando-os em categorias de complexidade crescente: chilreios puntiformes, trilados de duas notas, uma breve uma longa, trucilares curtos e vibráteis, chamarizes, cascatas de notas que vêm em escala decrescente e se interrompem, caracóis de modulações que se curvam sobre si mesmas, e assim por diante até chegar aos gorjeios.

O senhor Palomar não chega a uma classificação menos genérica: não é daqueles que sabem, ouvindo um trinado, reconhecer a que pássaro pertence. Sente essa sua ignorância como se fosse uma culpa. O novo saber que o gênero humano vem adquirindo não suplanta o saber que se propaga simplesmente pela transmissão direta e oral e uma vez perdido não se pode mais readquiri-lo e retransmiti-lo: nenhum livro pode ensinar aquilo que só se pode aprender na infância ao se prestar ouvidos e olhos atentos ao canto e ao voo dos pássaros e se houver ali alguém que saiba o nome deles. Ao culto da precisão nomenclatória e classificatória, Palomar havia preferido a perseguição contínua de uma precisão insegura para definir a modulação, a cambiante, o compósito: ou seja, o indefinível. Agora faria então a escolha oposta, e seguindo o fio dos pensamentos despertados pelo canto dos pássaros sua vida pareceu-lhe uma sequência de ocasiões falhadas.

Entre todos os cantos de pássaros destaca-se o assovio do melro, mais inconfundível que qualquer outro. Os melros chegam já com a tarde avançada: são dois, decerto um casal, talvez o mesmo do ano passado, de todos os anos nesta mesma época. Toda tarde, ao ouvir um assovio de chamamento, como alguém que quisesse assinalar sua chegada, o senhor Palomar ergue a cabeça para procurar em torno quem o chama: depois se recorda de que está na hora dos melros. Não tarda a avistá-los: caminham sobre o gramado como se sua verdadeira vocação fosse de bípedes terrestres e se divertissem em estabelecer uma analogia com o homem.

O assovio dos melros tem isto de especial: é idêntico a um assovio humano, de qualquer um que não seja particularmente hábil em assoviar mas que esteja diante de um bom motivo para assoviar, uma vez ou outra ou apenas uma vez, sem intenções de continuar, e o faça com um tom decidido mas modesto e afável, como que para assegurar-se da benevolência de quem o escuta.

■ PALOMAR NO JARDIM

Pouco depois o assovio é repetido — pelo mesmo melro ou pelo cônjuge — mas sempre como se fosse a primeira vez que lhe viesse à mente assoviar; se é um diálogo, cada toque ocorre depois de uma longa reflexão. Mas, trata-se de um diálogo, ou cada melro canta para si e não para o outro? E, num caso ou noutro, trata-se de perguntas e respostas (ao outro ou a si mesmo) ou de confirmar algo que é sempre a mesma coisa (a própria presença, a atribuição à espécie, ao sexo, ao território)? Talvez o valor daquela única palavra esteja no fato de ser repetida por um outro bico assoviante, de não ser esquecida durante o intervalo de silêncio.

Ou, quem sabe, todo o diálogo consiste em dizer alto "estou aqui", e a extensão das pausas acrescente à frase o significado de um "ainda", como se dissesse: "ainda estou aqui, sou eu mesmo que aqui estou". E se estiver na pausa e não no assovio o significado da mensagem? Se for no silêncio que os melros se falam? (O assovio seria neste caso um sinal de pontuação, uma fórmula como "dito, câmbio".) Um silêncio, na aparência igual a outro silêncio, poderia exprimir cem intenções diversas; até mesmo um assovio; falar calando-se, ou assoviando, é sempre possível; o problema é entender-se. Ou melhor, ninguém pode entender ninguém: cada melro acredita haver posto no assovio um significado fundamental para ele mas que só ele entende; o outro lhe contesta algo que não tem nenhuma relação com aquilo que ele disse; é um diálogo de surdos, uma conversa sem pé nem cabeça.

Mas serão os diálogos humanos diferentes em algo? A senhora Palomar também está no jardim, regando as plantas. E diz: "Lá estão eles", enunciação pleonástica (subentende-se que o marido já esteja olhando para os melros) ou de outra forma (se ele não os houvesse visto) incompreensível, mas mesmo assim destinada a estabelecer a própria prioridade na observação dos melros (porque efetivamente fora ela a primeira a descobri--los e apontar seus hábitos ao marido) e a sublinhar a infalibilidade de seu aparecimento, já tantas vezes registrado por ela.

"Psiu", diz o senhor Palomar, aparentemente para impedir que a mulher os espante falando em voz alta (recomendação inútil porque os melros marido e mulher já estão habituados com a sua presença e com as vozes dos senhores Palomar marido e mulher), mas na realidade para contestar a vantagem da mulher demonstrando uma solicitude para com os melros muito maior que a dela.

Então a senhora Palomar diz: "Reguei-o ontem e já está seco", referindo-se à terra do canteiro que está regando, comunicação em si supérflua, mas destinada a demonstrar, enquanto ela continua falando e mudando de assunto, uma confidência para com os melros muito maior e mais desenvolta que a do marido. Todavia, com essas sondagens o senhor Palomar obtém um quadro geral de tranquilidade, e graças à mulher, porque se ela lhe confirma que não há no momento nada de mais grave com que se preocupar, ele pode manter-se absorto em seu trabalho (ou pseudotrabalho ou hipertrabalho). Deixa passar um minuto e também ele lança uma mensagem tranquilizadora, para informar a mulher de que seu trabalho (ou subtrabalho ou ultratrabalho) avança como de hábito: com esse intuito, ele emite uma série de bufados e resmungos — ... por engano... apesar de que... do princípio... sim, uma ova... —, enunciações que juntas transmitem igualmente a mensagem "estou muito ocupado", no caso de a última intervenção da mulher encerrar também uma reprovação larvar do tipo: "você podia pensar também em me ajudar a regar a horta".

O pressuposto dessas trocas verbais é a ideia de que um entendimento perfeito entre cônjuges lhes permite compreenderem-se sem a necessidade de estarem ali especificando tudo tim-tim por tim-tim; mas este princípio é posto em prática de maneira muito diversa pelos dois: a senhora Palomar se exprime por meio de frases completas mas quase sempre alusivas ou sibilinas, para pôr à prova a agilidade de associações mentais do marido e a sintonia dos pensamentos dele com os dela (coisa que nem sempre funciona); o senhor Palomar ao contrário deixa que das brumas de seu monólogo interior elevem-se esparsos sons articulados, confiando que deles resulte, se não a evidência de um sentido completo, pelo menos o claro-escuro de um estado de ânimo.

■ *PALOMAR NO JARDIM*

A senhora Palomar por outro lado se recusa a receber esses balbucios como um discurso, e para sublinhar sua não participação diz em voz baixa: "Psiu...! Vai espantá-los...", devolvendo ao marido a imposição de silêncio que ele se achava no direito de impor-lhe e reconfirmando seu próprio primado relativamente à atenção aos melros.

Tendo marcado esse seu ponto de vantagem, a senhora Palomar se afasta. Os melros ficam ciscando no gramado e certamente considerando o diálogo entre os cônjuges Palomar como o equivalente de seus próprios assovios. "Dava no mesmo se nos limitássemos a assoviar", pensa ele. Aqui se abre uma perspectiva de pensamento muito promissora ao senhor Palomar, para quem a discrepância entre o comportamento humano e o resto do universo sempre foi uma fonte de angústia. O assovio igual do homem e do melro é algo que lhe parece uma ponte atirada sobre o abismo.

Se o homem investisse no assovio tudo o que normalmente atribui à palavra, e se o melro modulasse no assovio todo o não dito de sua condição de ser natural, eis que estaria assim realizado o primeiro passo para preencher a separação entre... entre o que e o quê? Natureza e cultura? Silêncio e palavra? O senhor Palomar espera sempre que o silêncio contenha algo além daquilo que a linguagem pode expressar. Mas e se a linguagem fosse na verdade o ponto de chegada a que tende tudo o que existe? Ou se tudo o que existe fosse linguagem, já desde o princípio dos tempos? Neste ponto o senhor Palomar é tomado pela angústia.

Depois de ter ouvido com atenção o assovio do melro, tenta repeti-lo, tão fielmente quanto possível. Segue-se um silêncio perplexo, como se sua mensagem requeresse um exame atento; depois, um assovio igual ecoa, e o senhor Palomar não sabe se é uma resposta a ele ou a prova de que seu assovio é de tal forma diferente que os melros nem se perturbaram com ele e retomaram o diálogo entre si como se nada tivesse acontecido.

Continuam a assoviar e a interrogar-se perplexos, ele e os melros.

O gramado infinito

Em volta da casa do senhor Palomar existe um gramado. Não se trata do lugar onde normalmente deveria haver um gramado: portanto o gramado é um objeto artificial, composto de objetos naturais, ou seja, de grama. O gramado tem por finalidade representar a natureza, e essa representação acaba por substituir a natureza própria do lugar por uma natureza em si natural mas artificial em relação ao lugar. Em suma: custa; o gramado requer labutas sem termo: para semeá-lo, regá-lo, adubá-lo, desinfetá-lo, apará-lo.

O gramado se compõe de relva, mato e trevo. Esta é a mistura em partes iguais que foi espalhada sobre o terreno no momento da semeadura. A relva, anã e rastejante, logo se impôs: seu tapete de folhinhas curvas e fofas alastrou-se, agradável aos pés e à vista. Mas a espessura do gramado é determinada pelas lanças afiadas do joio, quando não são muito ralas e quando não se deixa que cresçam muito sem dar-lhes uma aparadela. O trevo surge irregularmente, aqui um tufozinho, ali nada, lá na frente um montão; cresce viçoso até afrouxar-se, pois a hélice da folha pesa em cima do raminho tenro e o arqueia. O cortador de grama procede com um tremido ensurdecedor à tonsura; um suave odor de feno fresco inebria o ar; a grama nivelada reencontra a sua infância híspida; mas a mordida das lâminas revela descontinuidade, clareiras peladas aqui e acolá, manchas amareladas.

■ *PALOMAR NO JARDIM*

Um gramado, para fazer boa figura, deve ser uma extensão verde uniforme: resultado inatural que naturalmente conseguem os prados produzidos pela natureza. Aqui, observando-se ponto por ponto, descobre-se aonde o esguicho giratório de regar não chega, e onde ao contrário a água incide em jatos contínuos e apodrece as raízes, e como as ervas daninhas se aproveitam dessa irrigação inadequada.

O senhor Palomar está arrancando as ervas, de cócoras no gramado. Um dente-de-leão adere-se ao terreno com um embasamento de folhas denteadas fixamente sobrepostas; se puxamos o caule, ele nos fica entre as mãos enquanto as raízes permanecem enterradas no solo. É necessário, com um movimento ondulante da mão, apossar-se de toda a planta e desenredar com delicadeza as barbelas da terra, às vezes arrancando junto torrões inteiros e minguados fios de grama meio sufocados pelo vizinho invasor. Depois deve-se atirar o intruso num lugar onde não possa refazer as raízes nem espalhar as sementes. Quando se começa por erradicar uma gramínea, logo se vê apontar outra, e mais outra, e outra mais. Em suma, aquela fímbria de tapete herboso que só parecia requerer uns poucos retoques revela-se uma selva incontrolável.

Só restam ervas? Pior ainda: as ervas más se misturam com tanta densidade às boas que não se pode simplesmente meter-lhes a mão e arrancá-las. Parece que um acordo cúmplice se estabeleceu entre as ervas de semeadura e as do mato, um levantamento das barreiras impostas pela disparidade de nascimento, uma tolerância resignada para a degradação. Algumas ervas espontâneas, em si ou por si, não têm de fato uma aparência maléfica ou insidiosa. Por que não admiti-las no número daquelas que pertencem ao gramado com pleno direito, integrando-as na comunidade das cultivadas? É este o raciocínio que leva a deixar-se de lado o "gramado inglês" e voltar-se para o "gramado rústico", abandonado a si mesmo. "Mais cedo ou mais tarde teremos que decidir dessa escolha", pensa o senhor Palomar, mas lhe parece não se tratar de fato de uma questão de honra. Uma chicória, uma borragem surgem em seu campo visual. Ele as arranca.

PALOMAR NO JARDIM ■

"Certamente, arrancar uma erva daninha aqui e outra ali não resolve nada. Seria necessário proceder da seguinte forma", pensa ele, "tomar um quadrado do gramado, de um metro por um metro, e extirpá-lo até da mais ínfima presença que não seja grama, joio ou trevo. Depois passar a outro quadrado. Ou melhor, não; ficar naquele quadrado de amostragem. Contar quantos fios de erva existem, verificar de que espécies são, qual sua densidade e como se distribuem. Com base nesse cálculo se chegará a um conhecimento estatístico do gramado, estabilidade que..."

Mas contar os fios de erva é inútil, jamais se chegará a saber quantos são. Um gramado não possui limites; há uma extremidade em que a grama deixa de crescer, mas mesmo assim alguns fios apontam aqui e ali, depois uma gleba verde densa, depois uma faixa mais rala: fazem parte ainda do gramado ou não? Mais além a vegetação rala invade o gramado: não se pode dizer o que é gramado e o que é moita. Mas mesmo ali onde só há erva, não se sabe nunca em que ponto se deve parar de contar: entre uma plantinha e outra há sempre um rebento folicular que mal aflora da terra e cujas raízes são um pelo branco que quase não se vê; um minuto antes poderíamos deixá-lo de lado mas logo teríamos que contar também ele. Já aqueles dois fios que havia pouco pareciam apenas um tanto amarelados, eis que agora estão totalmente emurchecidos, e teríamos de excluí-los da contagem. Além disso, existem as frações de fios de erva, truncados pela metade, ou rentes ao solo, ou lacerados ao longo das nervuras, as folhinhas que perderam um lóbulo... Os decimais somados não formam um número inteiro, resta uma diminuta devastação herbácea, em parte ainda vivente, em parte já podre, alimento de outras plantas, húmus...

"O gramado é um conjunto de ervas", fica assim colocado o problema, "que inclui um subconjunto de ervas cultivadas e um subconjunto de ervas espontâneas ditas daninhas; uma interseção dos dois subconjuntos é constituída pelas ervas nascidas espontaneamente mas que pertencem a espécies cultivadas e por-

31

■ *PALOMAR NO JARDIM*

tanto indistinguíveis dessas. Os dois subconjuntos por sua vez incluem as várias espécies, cada uma das quais é um subconjunto ou, melhor dizendo, um conjunto que inclui o subconjunto de seus próprios componentes que pertencem, no entanto, ao gramado, e o subconjunto dos exteriores ao gramado. Sopra o vento, voam as sementes e os polens, as relações entre os conjuntos se transtornam..."

Palomar já passou para outro curso de pensamentos: será "o gramado" aquilo que vemos ou vemos antes uma erva e mais outra e mais outra...? Aquilo que designamos como "ver o gramado" é apenas o efeito de nossos sentidos aproximativos e grosseiros; um conjunto existe somente quando formado por elementos distintos. Não se trata de contá-los, o número não importa; o que importa é fixar com um único golpe de vista as plantinhas individuais uma por uma, em suas particularidades e diferenças. E não apenas vê-las: pensá-las. Em vez de "pensar" o gramado, pensar naquela haste com duas folhas de trevo, naquela folha lanceolada um tanto curva, naquele corimbo delicado...

Palomar distraiu-se, não arranca mais as ervas, não pensa mais no gramado: pensa no universo. Está tentando aplicar ao universo tudo o que pensou a respeito do gramado. O universo como cosmo regular e ordenado ou como proliferação caótica. O universo, talvez finito mas inumerável, instável em seus limites, que abre dentro de si outros universos. O universo, conjunto de corpos celestes, nebulosas, poeira de estrelas, campos de força, interseções de campos, conjuntos de conjuntos...

PALOMAR CONTEMPLA O CÉU

Lua do entardecer

Ninguém observa a lua do entardecer, e no entanto é nesse momento que o nosso interesse por ela seria mais necessário, já que sua existência encontra-se ainda em estado de expectativa. É uma sombra esbranquiçada que aflora do azul intenso do céu, carregado ainda de luz solar; quem nos assegura que ainda desta vez irá adquirir forma e luminosidade? Parece tão frágil e pálida e sutil; só numa parte começa a adquirir um contorno nítido como um arco de foice, enquanto todo o resto permanece ainda embebido no azul-celeste. É como uma hóstia transparente, ou uma pastilha meio dissolvida; só que o círculo branco não está se desfazendo mas se condensando, aglomerando a custo as manchas e sombras cinzentas azuladas que não se sabe se pertencem à geografia lunar ou são babas do céu que ainda empapam o satélite poroso como se fosse uma espuma.

Nesta fase o céu é ainda algo de muito compacto e concreto, e não se pode estar seguro de que seja de sua superfície tesa e ininterrupta que se esteja destacando aquela forma redonda e alvacenta, de consistência apenas um pouco mais sólida que as nuvens, ou se, ao contrário, se trata de uma corrosão do tecido de fundo, um desmalhe da cúpula, uma brecha que se abre sobre o nada que lhe fica por trás. A incerteza é acentuada pela irregularidade da figura que de uma parte está adquirindo relevo (onde mais lhe chegam os raios do sol poente) e de outra

■ *PALOMAR CONTEMPLA O CÉU*

se demora numa espécie de penumbra. E como os limites entre as duas zonas não são nítidos, o efeito que disso resulta não é o de um sólido visto em perspectiva mas antes o de uma daquelas figurinhas de lua dos calendários, em que o perfil branco se destaca dentro de um círculo escuro. A isto nada haveria certamente que se objetar, se se tratasse de uma lua crescente e não de uma lua toda ou quase cheia. Tal como esta na verdade está se revelando, tanto assim que seu contraste com o céu se torna cada vez mais forte e sua circunferência vai adquirindo um desenho mais nítido, apenas com alguns achatamentos na borda do nascente.

É necessário dizer que o azul do céu foi passando sucessivamente do pervinca para o violeta (os raios do sol se tornaram rubros), depois para o acinzentado e para o pardo, sem que a brancura da lua deixasse de receber sempre um empuxo cada vez mais decidido para que despontasse e em seu interior a parte mais luminosa fosse adquirindo extensão até cobrir o disco por completo. É como se as fases que ela atravessa durante o mês houvessem repercutido no interior dessa lua cheia ou plenilúnio, nas horas entre o surgir e o pôr-se, com a diferença de que a forma redonda permanece mais ou menos toda à vista. No meio do círculo as manchas continuam, e até mesmo seus claros-escuros se tornam mais contrastantes em relação à luminosidade do resto; mas agora não há dúvida de que é a lua que os leva consigo como máculas ou equimoses, e já não podemos imaginá-los transparências do fundo de cena celestial, rasgões no manto de um fantasma de lua sem corpo.

Antes, o que permanece ainda incerto é se este ganho de evidência e (digamo-lo) de esplendor se deve ao lento retraimento do céu que quanto mais se afasta mais se aprofunda na obscuridade, ou se ao contrário é a lua que está vindo na frente recolhendo a luz inicial dispersa em torno e dela privando o céu porque a concentra inteira na boca redonda de seu funil.

E sobretudo essas mutações não devem nos fazer esquecer que entrementes o satélite caminhou deslocando-se no céu em direção ao poente e para cima. A lua é o mais mutável dos corpos do universo visível, e o mais regular em seus estranhos hábitos: jamais falta aos encontros e podemos sempre esperá--la de passagem, mas se a deixamos num ponto vamos encontrá-la em outro, e se lembramos de sua face voltada de uma certa maneira, eis que iremos encontrá-la mudada, um pouco ou muito. Contudo, seguindo-a passo a passo, não nos damos conta de que imperceptivelmente ela vai fugindo de nós. Só as nuvens intervêm para criar a ilusão de uma corrida e de uma metamorfose rápida, ou melhor, para dar uma vistosa evidência daquilo que de outra forma escaparia ao nosso olhar.

A nuvem corre, de acinzentada se torna leitosa e lúcida, o céu em frente se fez negro, é noite, as estrelas se acendem, a lua é um grande espelho ofuscante que voa. Quem reconheceria nela aquela de algumas horas antes? Agora é um lago de resplandecência que esguicha raios ao redor e do qual transborda na escuridão um halo de prata fria, inundando de luz branca as estradas dos notâmbulos.

Não há dúvida de que uma esplêndida noite de plenilúnio de inverno se inicia. Neste ponto, assegurando-se de que a lua não tem necessidade dele, o senhor Palomar regressa a casa.

O olho e os planetas

O senhor Palomar, tendo sabido que este ano durante todo o mês de abril os três planetas "externos" visíveis a olho nu (mesmo por ele, que é míope e astigmático) estarão "em oposição", portanto visíveis por toda a noite, apressa-se em subir ao terraço.

O céu está claro devido à lua cheia. Marte, embora vizinho do grande espelho lunar inundado de luz branca, põe-se à frente imperioso com seu fulgor obstinado, com seu amarelo concentrado e denso, diverso de todos os outros amarelos do firmamento, a tal ponto que acabamos por concordar em chamá-lo vermelho, e nos momentos inspirados por vê-lo realmente vermelho.

Descendo com o olhar, seguindo em direção ao nascente um arco imaginário que deveria conjugar Régulo com Espiga (mas Espiga quase não se vê), encontra-se Saturno bem distinguível, de luz branca e frígida, e ainda mais embaixo Júpiter, no momento de seu esplendor máximo, de um amarelo vigoroso que tende para o verde. As estrelas em torno estão todas ofuscadas, com exceção de Arcturo, que brilha com ar de desafio um pouco mais ao alto em direção ao Oriente.

Para aproveitar ainda mais a tripla oposição planetária, é indispensável munir-se de um telescópio. O senhor Palomar, talvez porque tenha o mesmo nome de um observatório famoso, goza de certa amizade entre os astrônomos, e foi-lhe permitido aproximar o nariz da ocular de um telescópio de quinze centímetros, ou seja, bastante insignificante para a pesquisa científica, mas, se comparado aos seus óculos, já encerrando uma grande diferença.

Por exemplo, Marte visto ao telescópio se revela um planeta mais perplexo do que se afigura quando observado a olho nu: parece que tem muitas coisas para comunicar mas só consegue pôr em foco uma pequena parte delas, como num discurso tartamudeante e tossiquento. Um halo escarlate estende-se em torno da orla; pode-se procurar concentrá-lo regulando o parafuso, para fazer ressaltar a crostazinha de gelo do polo inferior; manchas afloram e desaparecem na superfície como nuvens ou rasgões entre as nuvens; uma se estabiliza na forma e na posição da Austrália, e o senhor Palomar se convence de que quanto mais distinta vir essa Austrália mais a objetiva estará em foco, mas ao mesmo tempo se dá conta de que está perdendo outras sombras de coisas que lhe parecia ver ou se sentia predisposto a ver.

Em suma parece-lhe que se Marte é aquele planeta sobre o qual desde Schiaparelli andaram falando tanta coisa, provocando alternâncias de ilusões e desilusões, isso se deve à dificuldade de estabelecer um relacionamento com ele, como com uma pessoa de caráter difícil. (A menos que a dificuldade de caráter não seja inteiramente da parte do senhor Palomar: em vão ele procura fugir à subjetividade refugiando-se entre os corpos celestes.)

Totalmente diversa é a relação que ele estabelece com Saturno, o planeta que mais emoções dá a quem o observa ao telescópio: ei-lo supernítido, branquíssimo, exatos os contornos da esfera e do anel; uma leve pautação de paralelos zebra a esfera; uma circunferência mais escura separa a borda do anel; este telescópio quase não capta outros detalhes e acentua a abstração geométrica do objeto; a sensação de uma lonjura extrema em vez de atenuar-se ressalta mais que a olho nu.

O fato de que no céu esteja girando um objeto tão diverso dos demais, uma forma que conjuga o máximo de estranheza com o máximo de simplicidade e de regularidade e de harmonia, alegra a vida e o pensamento.

■ *PALOMAR CONTEMPLA O CÉU*

"Se o pudessem ter visto como agora o vejo", pensa o senhor Palomar, "os antigos iriam crer que estavam erguendo o olhar para o céu das ideias de Platão, ou o espaço imaterial dos postulados de Euclides; em vez disso, esta imagem, quem sabe por meio de que desvio, chega é a mim que temo seja bela demais para ser verdadeira, demasiado grata ao meu universo imaginário para pertencer ao mundo real. Mas talvez seja exatamente esta desconfiança em relação aos nossos sentidos que nos impede de nos sentirmos à vontade no universo. Talvez a primeira regra que devo estabelecer seja a seguinte: ater-me àquilo que vejo."

Agora lhe parece que o anel oscila levemente, ou o planeta dentro do anel, e que um e outro giram sobre si mesmos; na realidade, é a cabeça do senhor Palomar que gira, obrigado que está a torcer o pescoço para ajustar a vista à ocular do telescópio; mas procura não desmentir para si mesmo esta ilusão que coincide com sua expectativa bem como com a verdade natural.

Saturno é de fato assim. Após a expedição do *Voyager 2* o senhor Palomar pôs-se a acompanhar tudo o que foi escrito a respeito dos anéis: que são feitos de partículas microscópicas; que são feitos de escolhos de gelo separados por abismos; que as divisões entre os anéis são sulcos nos quais giram os satélites varrendo a matéria e condensando-a nos lados, como cães de pastor que correm em redor do rebanho para mantê-lo compacto; acompanhou a descoberta dos anéis entrelaçados que depois se revelaram círculos simples muito mais estreitos; e a descoberta de estrias opacas dispostas como raios de uma roda, depois identificadas como nuvens de gelo. Mas as novas notícias não desmentiam essa figura essencial, não diversa da que Gian Domenico Cassini viu primeiro em 1676 ao descobrir a divisão entre os anéis que traz seu nome.

É natural que, para a ocasião, uma pessoa diligente como o senhor Palomar tenha consultado enciclopédias e manuais. Agora Saturno, objeto sempre novo, se apresenta ao seu olhar renovando a maravilha da primeira descoberta e o faz lamentar que Galileu com seu óculo de alcance fora de foco só hou-

38

vesse chegado a ter dele uma ideia confusa, de corpo tríplice ou de esfera com duas ansas, e quando já estava próximo de compreender como era a sua forma a vista lhe fugiu e tudo se precipitou na escuridão.

Fixar muito demoradamente um corpo luminoso cansa a vista; o senhor Palomar fecha os olhos; passa a Júpiter.

Em sua mole majestosa mas não grave, Júpiter ostenta duas estrias equatoriais como um xale guarnecido de recamos entrelaçados, de um verde celestial. Efeitos de tempestades atmosféricas pavorosas traduzem-se num desenho ordenado e calmo, de elaborada compostura. Mas o verdadeiro disfarce desse planeta luxuoso são os seus satélites cintilantes, agora visíveis os quatro ao longo de uma linha oblíqua, como um cetro de joias esplendentes.

Descobertos por Galileu e por ele nomeados *Medicea sidera*, "astros dos Medici", rebatizados pouco depois com nomes ovidianos — Io, Europa, Ganimedes, Calisto — por um astrônomo holandês, os pequenos planetas de Júpiter parecem irradiar um último fulgor do Renascimento neoplatônico, como se ignorassem que a ordem impassível das esferas celestes se desfez, exatamente por obra de seu descobridor.

Um sonho de classicismo envolve Júpiter; fixando-o ao telescópio o senhor Palomar fica sempre na expectativa de uma transfiguração olímpica. Mas não consegue manter a imagem nítida: necessita fechar por um momento as pálpebras, deixar que a pupila ofuscada reencontre a percepção precisa dos contornos, das cores, das sombras, mas também deixar que a imaginação se livre dos embaciamentos que não lhe pertencem, renuncie a ostentar uma sabedoria livresca.

Se é justo que a imaginação venha em socorro da debilidade visual, deve ser instantânea e direta como o olhar que acende. Qual era a primeira semelhança que lhe viera à mente e que havia descartado por incôngrua? Tinha visto o planeta ondular com os satélites em fila como bolinhas de ar que se levantam das brânquias de um gordo peixe dos abismos, luminescente e estriado...

■ *PALOMAR CONTEMPLA O CÉU*

* * *

Na noite seguinte, o senhor Palomar volta para o seu terraço a fim de ver os planetas a olho nu: a grande diferença é que agora é obrigado a levar em conta as proporções entre o planeta, o resto do firmamento esparso no espaço escuro por todos os lados e ele que olha, coisa que não ocorre se a relação é entre o objeto separado planeta posto em foco pela lente e ele sujeito, num ilusório face a face. Ao mesmo tempo ele recorda de cada planeta a imagem detalhada vista na noite anterior e procura inseri-la naquela mancha minúscula de luz que perfura o céu. Assim espera haver se apropriado de fato do planeta, ou pelo menos do quanto de um planeta pode entrar em um olho.

A contemplação das estrelas

Quando faz uma bela noite estrelada, o senhor Palomar diz: *"Devo* ir olhar as estrelas". Diz assim mesmo: *"devo"*, porque odeia os desperdícios e acha que não seria justo desperdiçar toda aquela quantidade de estrelas que estão à sua disposição. Diz "devo" também porque não tem muita prática de como se observam as estrelas, e este simples ato lhe custa sempre um certo esforço.

A primeira dificuldade é a de encontrar um lugar de onde a sua vista possa se espalhar por toda a cúpula do céu sem obstáculos e sem a interferência da iluminação elétrica: por exemplo, uma praia solitária numa costa muito baixa.

Outra condição necessária é trazer consigo uma carta astronômica, sem a qual não se saberia o que se está olhando; mas reiteradas vezes ele se esquece de como proceder para orientar-se por ela e gasta pelo menos meia hora estudando-a. Para poder decifrar o mapa no escuro é necessário trazer consigo também uma lanterna de bolso. Os confrontos frequentes entre o céu e o mapa obrigam-no a acender e a apagar a lanterna, e nessas passagens da luz para a escuridão fica momentaneamente cego e precisa a cada vez readaptar a vista.

Se o senhor Palomar fizesse uso de um telescópio as coisas seriam ainda mais complicadas sob certos aspectos e simplificadas sob outros; mas, por ora, a experiência do céu que lhe interessa é a olho nu, como os antigos navegadores e os

■ *PALOMAR CONTEMPLA O CÉU*

pastores errantes. Olho nu, para ele que é míope, significa de óculos; e como precisa tirar os óculos para ler o mapa, as operações se complicam com esse erguer e baixar dos óculos na fronte, e comportam a espera de alguns segundos para que seu cristalino se reajuste ao foco das verdadeiras estrelas ou das que estão impressas. Na carta os nomes das estrelas estão grafados em negrito sobre um fundo azul e é necessário encostar a lanterna acesa bem junto da folha para discerni-los. Quando erguemos o olhar para o céu, este aparece negro, salpicado de vagos clarões; somente aos poucos é que as estrelas se fixam e se dispõem em desenhos precisos, e quanto mais olhamos mais as vemos aflorar.

Acrescente-se que os mapas celestes que ele precisa consultar são dois, e mesmo quatro: um muito sintético do céu naquele mês, que apresenta separadamente o hemisfério sul e o hemisfério norte; e outro, de todo o firmamento, muito mais detalhado, que mostra numa longa faixa as constelações de todo o ano na parte mediana do céu em torno ao horizonte, enquanto as da calota em torno à estrela polar estão compreendidas num mapa circular anexo. Em suma, localizar uma estrela implica a comparação de vários mapas com a abóbada celeste, com todos os atos relativos: tirar e pôr os óculos, acender e apagar a lanterna, dobrar e desdobrar o mapa grande, perder e reencontrar os pontos de referência.

Desde a última vez em que o senhor Palomar observou as estrelas já se passaram semanas ou meses; o céu mudou inteiramente; a Ursa Maior (estamos em agosto) se distendeu quase até deitar-se sobre a copa das árvores a noroeste; Arcturo desce a pique sobre o perfil da colina arrastando todo o aquilão de Boote; exatamente a oeste está Vega, alta e solitária; se Vega é aquela, essa outra sobre o mar é Altair, e lá no alto é Deneb, que manda um raio frio do zênite.

Na noite de hoje o céu parece muito mais povoado do que qualquer mapa; as configurações esquemáticas na realidade se apresentam mais complicadas e menos nítidas; cada cacho de estrelas poderia conter aquele triângulo ou aquela linha quebrada que ele está procurando; e cada vez que volta a contemplar uma constelação ela lhe parece um tanto diversa.

Para reconhecer uma constelação, a prova decisiva é ver como responde quando a chamamos. Mais convincente que a coincidência das distâncias e configurações com aquilo que está assinalado nos mapas, é a resposta que o ponto luminoso dá ao nome pelo qual é chamado, a presteza em identificar-se com aquele som tornando-se uma coisa só. Os nomes das estrelas para nós, órfãos de toda mitologia, parecem incongruentes e arbitrários; contudo, jamais poderemos considerá-los intercambiáveis. Quando o nome que o senhor Palomar encontrou é o verdadeiro, logo se apercebe disso, pois este dá à estrela uma necessidade e uma evidência que ela não tinha antes; se ao contrário é um nome equivocado, a estrela o perde depois de poucos segundos, como se ele lhe rolasse das costas, e não se sabe mais onde estava ou o que era.

Após várias tentativas o senhor Palomar decide que a Cabeleira de Berenice (constelação que ele adora) é este ou aquele enxame luminoso do lado de Ofiúco: mas não torna a sentir a palpitação experimentada outras vezes ao reconhecer aquele objeto tão suntuoso e apesar disso tão leve. Só em seguida se apercebe de que se não a encontra é porque a Cabeleira de Berenice desta estação não está visível.

Numa larga parte o céu é atravessado por estrias e manchas claras; a Via Láctea toma em agosto uma consistência densa e parece extravasar de seu halo; o claro e o escuro estão assim mesclados para impedir o efeito perspectivo de um abismo negro sob cuja lonjura vazia campeiam, bem em relevo, as estrelas; tudo permanece no mesmo plano: cintilações e nuvens argênteas e trevas.

É esta a geometria exata dos espaços siderais a que tantas vezes o senhor Palomar sentiu necessidade de recorrer para desprender-se da Terra, lugar de complicações supérfluas e de aproximações confusas? Encontrando-se efetivamente em presença do céu estrelado, parece que tudo lhe foge. Até mesmo ao que se acreditava mais sensível, à pequenez de nosso

■ *PALOMAR CONTEMPLA O CÉU*

mundo em relação às distâncias incomensuráveis, não reage diretamente. O firmamento é algo que está lá em cima mas do qual não se pode extrair nenhuma ideia de dimensões ou de distância.

Se os corpos luminosos estão prenhes de incerteza, só resta confiar na escuridão, nas regiões desertas do céu. Que pode ser mais estável do que o nada? Contudo, não se pode, nem mesmo do nada, estar cem por cento seguro. Palomar, onde vê uma clareira no firmamento, uma brecha oca e negra, lá fixa o olhar como que se projetando nela; e eis que também ali no meio toma forma um grãozinho claro qualquer ou uma pequenina mancha ou sarda; mas ele não chega a estar seguro se elas estão naquele lugar de fato ou apenas tem a impressão de vê-las. Talvez seja um clarão como aqueles que se veem rodar mantendo-se os olhos fechados (o céu escuro é sulcado de fosfenas como o reverso das pálpebras); talvez seja um reflexo de seus óculos; mas poderia ser também uma estrela desconhecida que emerge das profundezas mais remotas.

"Esta observação das estrelas transmite um saber instável e contraditório", pensa Palomar, "inteiramente o contrário do que dela sabiam extrair os antigos." Será porque seu relacionamento com o céu é intermitente e perturbado, em vez de ser um hábito sereno? Se ele se obrigasse a contemplar as constelações noite após noite e ano após ano, seguindo-lhes os cursos e percursos ao longo das curvas binárias da abóbada obscura, talvez chegasse por fim a conquistar também ele a noção de um tempo contínuo e imutável, separado do tempo transitório e fragmentário dos acontecimentos terrestres. Mas bastaria atentar às revoluções celestes para marcar nele essa imagem? ou não ocorreria sobretudo uma revolução interior, que ele pode supor apenas em teoria, sem conseguir imaginar os efeitos sensíveis sobre suas emoções e os ritmos da mente?

Do conhecimento mítico dos astros capta apenas alguns vislumbres estanques; do conhecimento científico, os ecos divulgados pelos jornais; desconfia daquilo que sabe; o que ignora mantém seu ânimo suspenso. Assoberbado, inseguro, se enerva com os mapas celestes como com os horários das ferrovias compulsados à procura de uma conexão.

Eis uma flecha esplendente que sulca o céu. Um meteoro? Estas são as noites nas quais o riscar das estrelas cadentes é mais frequente. Contudo, poderia muito bem ser um avião de passageiros iluminado. A vista do senhor Palomar se mantém vigilante, disponível, desprendida de qualquer certeza.

Já está há meia hora na praia escura, sentado numa espreguiçadeira, contorcendo-se para sul e para norte, a pouco e pouco acendendo a lanterna e aproximando do nariz o mapa que traz esparramado sobre os joelhos; depois, com o pescoço erguido, recomeça a exploração a partir da estrela polar.

Sombras silenciosas estão se movendo na areia; um casal de namorados se destaca de uma duna, um pescador noturno, um guarda alfandegário, um barqueiro. O senhor Palomar ouve um sussurro. Olha em redor: a poucos passos dele formou-se uma pequena multidão que está observando seus movimentos como as convulsões de um demente.

PALOMAR NA CIDADE

PALOMAR NO TERRAÇO

Do terraço

"Xô! xô!" O senhor Palomar corre para o terraço a fim de espantar os pombos que estão comendo as folhas da gazânia, crivando de bicadas as plantas carnudas, agarrando-se com as patas à cascata de campânulas, lambiscando as amoras, perfurando uma por uma as folhinhas da salsa plantada num caixote junto à cozinha, escavando e esgaravatando os vasos derrubando a terra e deixando as raízes à mostra, como se o único objetivo de seu voo fosse a devastação. Às pombas cujo voo outrora alegrava as praças sucedeu-se uma progênie degenerada, indecorosa e infecta, nem doméstica nem selvagem mas integrada nas instituições públicas, e como tal inextinguível. Há tempos o céu da cidade de Roma caiu no poder das superpopulações desses lumpempenugentos, que tornam a vida difícil para qualquer outra espécie de pássaros em torno e oprimem o reino outrora livre e variado do espaço com suas monótonas e despenadas librés cinza-chumbo.

Comprimida entre as hordas subterrâneas dos ratos e o voo pesado dos pombos, a antiga cidade se deixa corroer por baixo e por cima sem opor maior resistência do que a que opunha em outros tempos às invasões dos bárbaros, como se nisso reconhecesse não o assalto dos inimigos externos mas os impulsos mais obscuros e congênitos da própria essência interior.

A cidade tem, contudo, uma outra alma — uma entre tantas —, que vive do acordo entre as velhas pedras e a vegetação

■ PALOMAR NO TERRAÇO

sempre nova, no dividir os favores do sol. Secundando esta boa disposição ambiental ou *genius loci*, o terraço da família Palomar, ilha secreta sobre os telhados, sonha concentrar sob sua pérgola o luxuriar dos jardins da Babilônia.

A viçosidade do terraço responde ao desejo de cada membro da família, mas enquanto a senhora Palomar considera natural dedicar às plantas a atenção que deve às coisas simples, escolhidas e feitas de propósito para uma identificação interior e assim destinadas a compor um conjunto de múltiplas variações, uma coleção emblemática, essa dimensão de seu espírito difere da dos demais membros da família: da filha porque a juventude não pode nem deve fixar-se sobre o aqui mas apenas sobre o mais além; do marido porque este só chegou a libertar-se tarde demais das impaciências juvenis e a compreender (só em teoria) que a única salvação está em se dedicar às coisas que estão aqui.

As preocupações do cultivador, para quem o que conta é uma determinada planta, um determinado espaço de terreno exposto ao sol de tais horas a tais horas, aquela determinada enfermidade das folhas que se pode combater mediante determinado tratamento, são estranhas à mente modelada segundo os procedimentos da indústria, ou seja, levada a decidir sobre atitudes genéricas e sobre protótipos. Quando Palomar se deu conta do quão aproximativos e votados ao erro eram os critérios do mundo no qual acreditava encontrar precisão e norma universal, voltou aos poucos a estabelecer um relacionamento com o mundo limitando-o às observações das formas visíveis; mas jamais ele era como fora feito: sua adesão às coisas permanecia intermitente e transitória como a das pessoas que parecem sempre propensas a pensar uma outra coisa mas essa outra coisa não existe. Com a prosperidade do terraço ele contribui correndo vez por outra para espantar os pombos, "Xô! xô!", despertando em si o sentimento atávico da defesa do território.

Se no terraço pousam outros pássaros que não os pombos, o senhor Palomar em vez de caçá-los lhes dá as boas-vindas, faz vista grossa a eventuais estragos provocados por

50

seus bicos, considerando-os mensageiros de divindades amigas. Mas essas aparições são raras: uma patrulha de corvos às vezes se aproxima pontilhando o céu de manchas negras e propagando (até a linguagem dos deuses muda com os séculos) um sentido de vida e de alegria. Também algum melro, gentil e arguto; certa vez um pintarroxo; e os passarinhos no seu papel costumeiro de passantes anônimos. Outras presenças de plumígeros sobre a cidade se deixam avistar mais ao longe: as esquadrilhas dos migradores, no outono; e as acrobacias, de verão, das andorinhas e colibris. Vez por outra gaviões brancos, remando no ar com suas longas asas, se arremessam sobre o mar enxuto das telhas, talvez perdidos remontando desde a foz às margens do rio, talvez entregues a um rito nupcial, e seu grito marinho silva entre os rumores citadinos.

O terraço está disposto em dois níveis: um mirante ou belvedere sobranceia a confusão de tetos pelos quais o senhor Palomar perpassa um olhar de pássaro. Procura pensar o mundo como é visto pelos voláteis; à diferença dele os pássaros têm o vazio que se abre sob eles, mas talvez nunca olhem para baixo, veem apenas dos lados, equilibrando-se obliquamente nas asas, e seu olhar, como o dele, para onde quer que se dirija só encontra tetos mais altos ou mais baixos, construções mais ou menos elevadas mas tão cerradas que não lhes permitem descer mais que isto. Que lá embaixo, encaixadas, existam ruas e praças, que o verdadeiro solo seja aquele no nível do solo, ele o sabe com base em outras experiências; por agora, com o que vê daqui de cima, não poderia suspeitá-lo.

A verdadeira forma da cidade está neste sobe e desce de tetos, telhas velhas e novas, arqueadas ou planas, chaminés estreitas ou corpulentas, latadas de cânulas e varandas de eternit ondulado, gradis, balaustradas, pequenas pilastras amparando vasos, reservatórios de água metálicos, águas-furtadas, claraboias de vidro, e sobre tudo isto se ergue a mastreação das antenas televisivas, retas ou tortas, esmaltadas ou enferrujadas, em modelos de gerações sucessivas, variadamente ramificadas em chifres ou esgrimas, mas todas magras

■ *PALOMAR NO TERRAÇO*

como esqueletos e inquietantes como totens. Separados por golfos de vazios irregulares e retalhados, defrontam-se terraços proletários com varais de secar roupa e tomateiros plantados em baldes de zinco; terraços residenciais com espaldares de trepadeiras em treliças de madeira, móveis de jardim em ferro batido pintados de branco, toldos enroláveis; campanários com as torres campanárias campanantes; frontões de prédios públicos de frente e de perfil; áticos e sobreáticos, acréscimos abusivos e impuníveis; andaimes de tubos metálicos de construções em curso ou que ficaram pelo meio; janelões com reposteiros e basculantes de banheiros; muros ocres e muros azuis; muros cor de mofo dos quais crespos céspedes de ervas deixam tombar seu folhame pêndulo; colunas de elevadores; torres com bífores e trífores; zimbórios de igrejas com madonas; estátuas de cavalos e quadrigas; mansões decadentes transformadas em tugúrios, tugúrios reestruturados em garçonnières; e cúpulas que se arredondam no céu em todas as direções e a todas as distâncias como que confirmando a essência feminina, junonal da cidade: cúpulas brancas e róseas ou violáceas conforme a hora e a luz, estriadas de nervuras, terminadas em lanternas encimadas por altas cúpulas menores.

Nada disto pode ser observado por quem move seus pés ou suas rodas sobre o pavimento da cidade. E, inversamente, daqui de baixo tem-se a impressão de que a verdadeira crosta terrestre é esta, desigual mas compacta, mesmo quando sulcada de fraturas não se sabe de que profundidade, gretas ou poços ou crateras, cujas bordas em perspectiva aparecem agregadas como as escamas de uma pinha, e não nos ocorre ao menos perguntar o que escondem em seu fundo, porque a vista já é tanta e tão rica e variada na superfície que basta e quase chega a saturar a mente de informações e de significados.

Assim pensam os pássaros, pelo menos assim pensa o senhor Palomar imaginando-se pássaro. "Só depois de haver conhecido a superfície das coisas", conclui, "é que se pode proceder à busca daquilo que está embaixo. Mas a superfície das coisas é inexaurível."

A barriga do camaleão

Lá está o camaleão no terraço, como acontece em todos os verões. Um ponto de observação excepcional permite ao senhor Palomar vê-lo não de dorso, como sempre estamos habituados a ver os lagartos, camaleões e lagartixas, mas de barriga. Na sala de estar da casa de Palomar há uma pequena janela-vitrine que dá para o terraço; nos patamares dessa vitrine está alinhada uma coleção de vasos *art nouveau*; à noite uma lampadazinha de setenta e cinco watts ilumina os objetos; uma planta de plumbago do muro do terraço faz pendular seus ramos celestes sobre o vidro externo; toda noite, logo ao acender-se a luz, o camaleão que mora sob as folhas embaixo desse muro se coloca sobre o vidro, no ponto onde a lampadazinha esplende, e ali permanece imóvel como uma lagartixa ao sol. Os insetos voam, também atraídos pela luz; o réptil, quando um inseto lhe passa ao alcance, engole-o.

O senhor Palomar e a senhora Palomar toda noite acabam deslocando as poltronas de frente da televisão para junto da vitrine; do interior da sala contemplam a barriga esbranquiçada do réptil sobre o fundo escuro. A escolha entre a televisão e o réptil não ocorre sem incertezas; os dois espetáculos têm cada um deles informações para dar que o outro não transmite: a televisão se move pelos continentes recolhendo impulsos luminosos que descrevem a face visível das coisas; o camaleão ao contrário representa a concentração imóvel e o aspecto oculto, o contrário daquilo que se mostra à vista.

■ *PALOMAR NO TERRAÇO*

A coisa mais extraordinária são as patas, verdadeiras mãos de dedos moles, só falanges, que premidas contra o vidro a ele se aderem com suas ventosas minúsculas: os cinco dedos se alargam como pétalas dessas florzinhas dos desenhos infantis, e quando uma das patas se move, recolhem-se como uma flor que se fecha, para tornar depois a se distender e a se comprimir contra o vidro, fazendo aparecer estrias miudíssimas, como as que se veem nas impressões digitais. Ao mesmo tempo delicadas e fortes, essas mãos parecem conter uma inteligência potencial, que lhes permite, mal se libertem da função de se manter ali aderidas à superfície vertical, readquirir os dotes das mãos humanas, as quais segundo dizem se tornaram hábeis a partir do momento em que não tiveram mais de se manter agarradas aos ramos ou aderidas ao solo.

As patas contraídas parecem, muito mais que joelhos, mais que cotovelos, molejos destinados a soerguer o corpo. A cauda adere-se ao vidro apenas por uma estria central, de onde se originam os anéis que a enfeixam de um lado e de outro, dela fazendo um instrumento robusto e bem protegido; na maior parte do tempo, pousada indolente e preguiçosa, parece não ter outra habilidade ou ambição que não seja a de sustentáculo subsidiário (nada a ver com a agilidade caligráfica da cauda das lagartixas), mas no momento oportuno demonstra reagir bem, ser bem articulada e até mesmo expressiva.

Da cabeça são visíveis a ampla goela vibrante, e dos lados os olhos saltados e sem pálpebras. A goela é uma superfície de saco frouxo que se estende da ponta do queixo dura e toda feita de escamas como a de um jacaré ao ventre branco que ali nas partes em que se comprime contra o vidro apresenta também ele um mosqueado granuloso, talvez adesivo.

Quando um mosquitinho passa próximo à boca do camaleão, a língua dispara e engole, fulmínea e dúctil e aderente, isenta de forma e capaz de assumir qualquer forma. Contudo, Palomar nunca está seguro se já a viu ou não; o que certamente vê, agora, é o inseto dentro do papo do réptil: o ventre contraído contra o vidro iluminado se torna transparente como se estivesse exposto aos raios X; pode-se acompanhar a sombra da presa em seu trajeto através das vísceras que a absorvem.

Se toda matéria fosse transparente, o solo que nos sustém, o invólucro que enfaixa os nossos corpos, tudo apareceria não como um adejar de véus impalpáveis mas como um inferno de ingestões e de trituramentos. Talvez neste exato momento um deus dos infernos situados no centro da terra, com seu olhar que atravessa o granito, esteja nos olhando lá de baixo, seguindo o ciclo da vida e da morte, as vítimas dilaceradas que se desfazem nos ventres dos devoradores, até que por sua vez um outro ventre também o engula.

O camaleão permanece imóvel por horas; com uma chicotada da língua deglute ora uma mosca ora um mosquitinho; todavia, parece não registrar outros insetos, idênticos aos primeiros, que também lhe passam incautos a poucos centímetros da boca. Será a pupila vertical de seus olhos divaricados dos lados da cabeça que não os avista? Ou há motivos de escolha e de recusa que não conhecemos? Ou quem sabe aja motivado pelo acaso ou por capricho?

A segmentação dos anéis das patas e da cauda, o mosqueado das diminutas lâminas granulosas da cabeça e do ventre emprestam ao camaleão uma aparência de engenho mecânico; uma máquina elaboradíssima, estudada nos mais microscópicos detalhes, a ponto de se poder indagar se uma tal perfeição não será esbanjada em função das operações limitadas que executa. Ou talvez seja este o seu segredo: satisfeito em ser, reduz a sua ação ao mínimo? Será esta a sua lição, o oposto da moral que em sua juventude o senhor Palomar queria que fosse a sua: procurar sempre fazer algo além de seus próprios recursos?

Eis que lhe tomba ao alcance uma mariposinha noturna transviada. Finge que não a vê? Não, agarra também essa. A língua se transforma numa rede para mariposas e a arrasta para dentro da boca. Come-a toda? Cospe-a? Estraçalha-a? Não, a mariposa está na goela: palpita, esfrangalhada mas ainda viva, não tocada pela ofensiva dos dentes mastigadores, eis que su-

PALOMAR NO TERRAÇO

pera as angústias das fauces, é uma sombra que inicia a viagem lenta e acidentada descendo por um esôfago intumescido.

O camaleão, saindo de sua impassibilidade, boqueja, agita o papo convulso, balanceia entre as pernas e a cauda, contorce o ventre submetido a dura prova. Já terá o bastante para esta noite? Ir-se-á embora? Era este o último desejo que esperava satisfazer? Era esta a prova nos limites do possível com que desejava defrontar-se? Não, lá está ele. Talvez tenha adormecido. Como é o sono de quem não tem pálpebras nos olhos?

Nem mesmo o senhor Palomar consegue sair dali. Continua a observá-lo. Não há trégua com que se possa contar. Mesmo voltando a ligar a televisão não consegue mais que estender a contemplação dos massacres. A mariposa, frágil Eurídice, aprofunda-se lentamente no seu Hades. Eis que um mosquitinho voa, prestes a pousar no vidro. E a língua do camaleão se atira.

A invasão dos estorninhos

Há uma coisa extraordinária para se ver em Roma neste fim de outono: o céu apinhado de pássaros. O terraço do senhor Palomar é um belo posto de observação, de onde o olhar paira sobre os telhados num amplo círculo do horizonte. Sobre esses pássaros, sabe apenas o que ouviu dizer por aí: são estorninhos que se reúnem em centenas de milhares, provenientes do Norte da Europa, esperando o momento de partirem todos juntos para as costas da África. À noite dormem nas árvores da cidade, e quem estaciona o carro às margens do Tibre pela manhã estará obrigado a lavá-lo de cima a baixo.

Aonde vão durante o dia, que função esta parada prolongada na cidade desempenha na estratégia das migrações, o que significam para eles essas imensas congregações vespertinas, esses carrosséis aéreos como numa grande manobra ou num desfile, o senhor Palomar não chegou ainda a compreender. As explicações que dão para isso são todas um tanto duvidosas, condicionadas a hipóteses, oscilantes entre várias alternativas; e é natural que seja assim, tratando-se de vozes que passam de boca em boca, mas tem-se a impressão de que mesmo a ciência, que poderia confirmá-las ou desmenti-las, permanece incerta, aproximativa. Estando as coisas neste pé, o senhor Palomar decidiu limitar-se a observar, a fixar nos mínimos detalhes o pouco que consegue ver, agarrando-se às ideias imediatas que lhe são sugeridas pelo que vê.

■ *PALOMAR NO TERRAÇO*

No ar violáceo do crepúsculo vê aflorar numa parte do céu uma poeira microscópica, uma nuvem de asas que voam. Percebe que são milhares e milhares: a cúpula do céu é por elas invadida. Aquilo que até então lhe parecera uma imensidão serena e oca agora se revela inteiramente percorrida por presenças levíssimas e ligeiras.

Visão tranquilizadora, a passagem das aves migratórias é associada em nossa memória ancestral ao harmônico suceder das estações; mas o senhor Palomar ao contrário sente nisso um sinal de apreensão. Será porque esse apinhar-se do céu nos recorda que o equilíbrio da natureza se perdeu? Ou porque o nosso senso de insegurança projeta em tudo ameaças de catástrofes?

Quando pensamos nos pássaros migratórios imaginamos logo uma formação de voo ordenada e compacta, que sulca o céu numa longa fileira ou falange em ângulo agudo, quase uma forma de pássaro composta de inumeráveis pássaros. Essa imagem não vale para os estorninhos, pelo menos para esses estorninhos outonais dos céus de Roma: trata-se de uma multidão aérea que parece sempre pronta a rarefazer-se ou dispersar-se, como grãos de polvilho em suspensão num líquido, e em vez disso se condensa continuamente como se de um conduto invisível o jorro de partículas turbilhonantes continuasse, sem nunca chegar, no entanto, a saturar a solução.

A nuvem se dilata, negrejante de asas que se desenham mais nítidas no céu, sinal de que estão se aproximando. No interior do bando o senhor Palomar já distingue uma perspectiva, devido ao fato de já ver alguns voláteis muito próximos em cima de sua cabeça, outros ao longe, outros mais distantes ainda, e continua a descobrir outros cada vez mais minúsculos e puntiformes, por quilômetros e quilômetros, poderíamos dizer, atribuindo às distâncias entre um e outro uma medida quase igual. Mas essa ilusão de regularidade é traiçoeira, porque nada é mais difícil de avaliar que a densidade de distribuição dos voláteis em voo: onde a compacidade do bando parece estar escurecendo o céu eis que entre um penígero e outro se escancaram voragens de vazio.

PALOMAR NO TERRAÇO ■

Se se detém alguns minutos observando a disposição dos pássaros relativamente uns aos outros, o senhor Palomar se sente preso numa trama cuja continuidade se estende uniforme e sem lacunas, como se ele próprio também fizesse parte desse corpo em movimento composto de centenas e centenas de corpos separados mas cujo conjunto constitui um objeto unitário, como uma nuvem ou uma coluna de fumo ou um repuxo, algo que embora seja fluido em substância adquire solidez na forma. Mas basta que se ponha a seguir com o olhar um único pássaro para que a dissociação dos elementos se imponha e eis que a corrente em que se sentia transportado, a rede em que se sentia suspenso se dissolvem e o efeito é o de uma vertigem que o toma pela boca do estômago.

Isto acontece, por exemplo, quando o senhor Palomar, depois de se haver persuadido de que os estorninhos em conjunto estão voando em sua direção, volta o olhar para um pássaro que na verdade está se distanciando, e desse para um outro pássaro que se afasta mas em direção diversa, e em breve percebe que todos os voláteis que lhe pareciam estar se aproximando na verdade estão fugindo em todas as direções, como se ele se encontrasse no centro de uma explosão. Mas basta-lhe voltar os olhos para uma outra zona do céu e ei-los que se concentram além, num vórtice cada vez mais denso e compacto, assim como um ímã oculto sob um papel atrai a limalha de ferro compondo desenhos que se tornam ora mais escuros ora mais claros e por fim se desfazem e deixam sobre a folha branca um salpicado de fragmentos dispersos.

Finalmente uma forma emerge do confuso bater de asas, avança, adensa-se: é uma forma circular, como uma esfera, uma bola, o balão das histórias em quadrinhos de alguém que esteja pensando num céu repleto de pássaros, uma avalanche de asas que rodopia no ar e envolve todos os pássaros que voam em torno. Essa esfera constitui um território especial no espaço uniforme, um volume em movimento entre cujos limites — que, no entanto, se dilatam e se contraem como uma superfície elástica — os estorninhos podem continuar voando

59

■ *PALOMAR NO TERRAÇO*

cada qual em sua própria direção desde que não alterem a forma circular do conjunto.

A certa altura o senhor Palomar se dá conta de que o número de seres que turbilhonam no interior daquele globo está rapidamente aumentando como se uma corrente velocíssima despejasse nele uma nova população com a rapidez da areia escorrendo na clepsidra. É uma outra multidão de estorninhos que por sua vez adquire também a forma esférica no interior da forma precedente. Mas dir-se-ia que a coesão do bando não resiste para além de certas dimensões: de fato o senhor Palomar já começa a observar uma dispersão de voláteis pelas bordas, e mesmo verdadeiras fendas que se abrem desinflando a esfera. Mal teve tempo de aperceber-se disto e já a figura se dissolveu.

As observações sobre os pássaros se sucedem e se multiplicam em tal ritmo que para reordená-las na mente o senhor Palomar sente a necessidade de comunicá-las aos amigos. Também os amigos têm algo a dizer a propósito, porque já ocorreu a cada um deles interessar-se pelo fenômeno ou experimentar esse interesse depois que lhes falaram do assunto. É um argumento que não se pode jamais considerar exaurido e quando um dos amigos acha que viu alguma coisa de novo ou sente a necessidade de retificar uma impressão precedente, vê--se na obrigação de telefonar sem perda de tempo aos demais. Assim um vai e vem de mensagens percorre a rede telefônica enquanto o céu está sulcado de fileiras de voláteis.

— Você observou como conseguem não se chocar uns com os outros mesmo quando voam muito juntos, mesmo quando seus percursos se entrecruzam? Parece até que possuem um radar.

— Não é verdade. Já encontrei passarinhos estropiados, agonizantes ou mortos nas calçadas. São as vítimas desses choques no ar, inevitáveis quando a densidade é muito grande.

— Já percebi por que à noite continuam a sobrevoar todos juntos esta parte da cidade. São como os aviões que giram em cima do aeroporto até receber o sinal de "pista livre" para aterrar. Por isso os vemos voar tanto tempo em torno do mesmo local; esperam sua vez de pousar nas árvores onde passarão a noite.

— Vi como fazem quando descem em direção às árvores. Giram e giram no céu em espiral, depois um a um se precipitam velocíssimos em direção à árvore que escolheram, para então frear bruscamente e pousar num ramo.

— Não, os congestionamentos do tráfego aéreo não podem ser um problema para eles. Cada pássaro tem uma árvore que é a sua, o seu ramo próprio e o seu lugar definido em cada ramo. Ele o distingue do alto e mergulha em sua direção.

— Terão a vista assim tão aguda?

— Ora...

Esses telefonemas são em geral curtos, mesmo porque o senhor Palomar está impaciente para voltar ao terraço, como se tivesse receio de perder alguma fase decisiva.

Dir-se-ia agora que os pássaros ocupam apenas aquela porção do céu que ainda está investida pelos raios do sol no poente. Mas observando melhor percebe-se que a condensação e a rarefação dos voláteis se desenrola como uma longa fita esvoaçante em zigue-zague. No local em que ela se curva o bando parece mais denso, como um enxame de abelhas; onde ao contrário se alonga sem torcer-se é apenas um pontilhado de voos dispersos.

Quando o último clarão do céu desaparece, uma maré de escuridão sobe do fundo das ruas e submerge o arquipélago de telhas e cúpulas, terraços e áticos, mirantes e campanários; e a suspensão de asas negras dos invasores celestes se precipita até confundir-se com o voo pesado dos aparvalhados e escagaçantes pombos citadinos.

PALOMAR VAI ÀS COMPRAS

Um quilo e meio de confit de canard

O *confit de canard* é vendido em frascos de vidro, contendo cada um, segundo informa a etiqueta escrita à mão: "duas porções de pato gordo (uma coxa e uma asa), gordura de pato, sal e pimenta. Peso líquido: um quilo e quinhentos gramas". Na brancura espessa e fofa que atopeta os frascos se amortecem os estridores do mundo: uma sombra escura sobe do fundo e como na névoa das recordações deixa transparecer os membros esparsos do pato, desvanecido em sua própria gordura.

O senhor Palomar está na fila de uma charcuteria de Paris. Estamos na época das festas, mas aqui o afluxo de fregueses é comum até mesmo em épocas menos canônicas, por se tratar de um dos bons estabelecimentos gastronômicos da metrópole, miraculosamente preservado numa região da cidade onde o achatamento do comércio de massa, os impostos, a baixa renda dos consumidores, e agora as crises desmantelaram um a um os antigos estabelecimentos substituindo-os por supermercados anônimos.

Esperando na fila, o senhor Palomar contempla os frascos. Procura encontrar um lugar em suas recordações para o *cassoulet,* gordo guisado de carnes com feijão, de que a gordura de pato é ingrediente essencial; mas nem a memória do paladar nem a memória cultural lhe vêm em auxílio. Contudo, o nome, a visão, a ideia o atraem, despertando-lhe uma fantasia

PALOMAR VAI ÀS COMPRAS

instantânea não tanto da goela mas do eros: numa montanha de gordura de pato aflora uma figura feminina, besunta de branco a pele rósea, e ele logo se imagina perseguindo-a naquelas avalanches densas, abraçando-a e fundindo-se com ela.

Enxota da mente o pensamento incôngruo, ergue o olhar para o teto pesado de salames que pendem de guirlandas natalinas como frutos dos ramos nos países de cocanha. Em toda a volta sobre os balcões de mármore a abundância triunfa sob as formas elaboradas da civilidade e da arte. Nas fatias de patê de animais de caça as escapadas e os voos do brejo se fixam para sempre e se sublimam numa tapeçaria de sabores. As galantinas de faisão se alinham em cilindros rosa-cinza coroados, para autenticar a própria origem, por duas patas de pássaros como artelhos que se projetam de um brasão heráldico ou de um móvel do Renascimento.

Através dos invólucros de gelatina destacam-se as grandes manchas de trufa negra postas em fila como botões na fantasia de pierrô, como notas de uma partitura, constelando o variegado róseo dos canteiros de patês de *foie gras,* dos frios, das terrinas, galantinas, fatias de salmão, fundos de alcachofra guarnecidos como troféus. O motivo condutor das rodelas de trufa unifica a variedade das substâncias como o negrejar de um traje a rigor num baile a fantasia, e determina o vestuário da festa de alimentos.

Incolores, opacas e carrancudas são ao contrário as pessoas que rodeiam os balcões, atendidas por empregadas vestidas de branco, mais ou menos idosas, de brusca eficiência. O esplendor dos sanduichinhos de salmão rajados de maionese desaparece engolido pelas sacolas escuras dos fregueses. Não resta dúvida de que cada um destes ou cada uma destas sabe exatamente aquilo que deseja, aponta direto para o seu objetivo com uma determinação sem incertezas, e desmantela com rapidez montanhas de *vol-au-vent,* de pastas de recheio, de salsichas e chouriços.

O senhor Palomar gostaria de colher no olhar dessa gente um reflexo da fascinação daqueles tesouros, mas as faces e os gestos são apenas impacientes e fugidios, de pessoas concentradas em si mesmas, de nervos tensos, preocupadas com o que têm e com o que não têm. Nenhuma delas lhe parece digna da glória pantagruélica que se expõe ao longo das vitrines e balcões. Uma avidez sem prazer nem juventude as impele: e no entanto um liame profundo, atávico existe entre elas e aqueles alimentos, consubstanciais com elas, carne de sua carne.

Dá-se conta de experimentar um sentimento muito parecido com o ciúme: gostaria que de seus frascos os patês de ganso e de lebre demonstrassem preferi-lo aos demais fregueses, que o reconhecessem como o único merecedor de suas graças, esses dons que a cultura e a natureza transmitiram por milênios e não devem cair em mãos profanas! O sagrado entusiasmo pelo qual se sente invadido não será talvez o sinal de que só ele é o eleito, o tangido pela graça, só ele merece a efusão dos bens transbordados da cornucópia do mundo?

Olha em redor esperando ouvir o vibrar de uma orquestra de sabores. Não, nada vibra. Todos aqueles petiscos despertam nele recordações aproximativas e mal distintas, sua imaginação não associa de maneira instintiva os sabores às imagens e aos nomes. Fica imaginando se sua glutoneria não será sobretudo mental, estética, simbólica. Talvez por mais sinceramente que ame as galantinas, as galantinas não o amem. Sentem que seu olhar transforma cada iguaria num documento da história da civilização, num objeto de museu.

O senhor Palomar gostaria que a fila avançasse mais depressa. Sabe que se passar mais alguns minutos naquela loja acabará por convencer-se de ser ele o profano, o estrangeiro, o excluso.

O museu dos queijos

O senhor Palomar está na fila de uma loja de queijos, em Paris. Quer comprar certos queijinhos de cabra que são conservados em óleo em pequenos frascos transparentes, temperados com várias ervas e especiarias. A fila dos fregueses se forma ao longo de um balcão em que estão expostos exemplares das mais insólitas e disparatadas espécies. É uma loja cujo sortimento parece querer documentar todas as formas de laticínios imagináveis; seu próprio nome, *Spécialités froumagères*, com aquele raro adjetivo arcaico ou regional adverte que ali se reverencia a herança de um saber acumulado por uma civilização através de toda a sua história e geografia.

Três ou quatro moças de avental cor-de-rosa atendem os fregueses. Tão logo termina o atendimento de um deles, convocam o primeiro da fila, solicitando-lhe que explicite os seus desejos; o freguês designa e quase sempre aponta, deslocando-se pela loja em direção ao objeto de seus apetites precisos e competentes.

Nesse momento toda a fila avança um passo; e quem até agora estava ao lado do *Bleu d'Auvergne* estriado de verde passa a ocupar a altura do *Brin d'amour*, em cuja brancura ficaram aderidos fios de palha seca; quem contemplava uma bola envolta em folhas pode agora concentrar-se num cubo salpicado de cinzas. Há quem extraia dos encontros dessas etapas fortuitas inspiração para novos estímulos e novos desejos: muda de ideia sobre o que estava para pedir ou acrescenta um novo nome à sua lista; e há os que não se deixam distrair nem mesmo por um instante do objetivo que vinham perseguindo e qualquer sugestão diversa com a qual se choquem servirá apenas para delimitar, por via da exclusão, o campo daquilo que obstinadamente querem.

O ânimo de Palomar oscila entre impulsos contrastantes: o que tende a um conhecimento completo, exaustivo, que só poderia ser satisfeito se ele pudesse provar todas as qualidades; ou o que tende a uma escolha absoluta, à identificação do queijo que seria apenas seu, um queijo que certamente existe mesmo que ele agora não o saiba reconhecer (ou não saiba reconhecer-se nele).

Ou melhor ainda: não é questão de escolher seu próprio queijo mas de ser escolhido por ele. Há uma relação recíproca entre queijo e freguês: cada queijo espera seu freguês, se enfeita de modo a atraí-lo, com uma consistência ou granulosidade um tanto arrogante, ou ao contrário esparramando-se em abandono condescendente.

Uma sombra de cumplicidade viciosa adeja em torno: o refinamento gustativo e principalmente olfativo conhece seus momentos de relaxamento, de acanalhamento, em que os queijos em suas bandejas parecem oferecer-se como se num divã de bordel. Um sorriso de escárnio perverso aflora na satisfação de aviltar o objeto da própria glutoneria com nomes infamantes: *crottin, boule de moine, bouton de culotte.*

Esse não é o tipo de conhecimento em que o senhor Palomar é mais inclinado a aprofundar-se: para ele bastaria estabelecer a simplicidade de um relacionamento físico direto entre o homem e o queijo. Mas se em lugar dos queijos vir nomes de queijos, conceitos de queijos, significados de queijos, histórias de queijos, concursos de queijos, psicologias de queijos, se — mais que souber — pressentir que por trás de cada queijo existe tudo isso, eis que seu relacionamento se torna muito mais complexo.

A queijaria apresenta-se a Palomar como uma enciclopédia

■ *PALOMAR VAI ÀS COMPRAS*

a um autodidata; poderia memorizar todos os nomes, tentar uma classificação segundo as formas — sabonete, cilindro, cúpula, bola —, segundo a consistência — seco, pastoso, cremoso, estriado, compacto —, segundo os materiais estranhos que entram na preparação da crosta ou da massa — uva-passa, pimenta, nozes, gergelim, ervas, bolores —, mas isso não se aproximaria em nada do verdadeiro conhecimento, que está na experimentação dos sabores, feita de memória e de imaginação ao mesmo tempo, e somente com base nesta se poderia estabelecer uma escala de gostos e preferências, curiosidades e exclusões.

Por trás de cada queijo há um pasto de um verde distinto sob um céu distinto: prados incrustados com o sal que as marés da Normandia depositam todas as tardes; prados perfumados de aromas ao sol ventoso da Provença; há rebanhos distintos com suas estabulações e transumâncias; há segredos de elaboração transmitidos por séculos e séculos. Esta loja é um museu: o senhor Palomar ao visitá-la sente, como no Louvre, em cada objeto exposto a presença da civilização que lhe deu forma e dele toma forma.

Esta loja é um dicionário; a língua é o sistema dos queijos em seu conjunto: uma língua cuja morfologia registra declinações e conjugações de variantes inumeráveis, e cujo léxico apresenta uma riqueza inexaurível de sinônimos, expressões idiomáticas, conotações e sutilezas vocabulares, como todas as línguas nutridas pelo aporte de centenas de dialetos. É uma língua feita de coisas; a nomenclatura é apenas um aspecto exterior dela, instrumental; mas, para o senhor Palomar, aprender um pouco de nomenclatura constitui sempre a primeira medida a tomar para reter por um momento as coisas que perpassam diante de seus olhos.

Tira do bolso um bloquinho, uma caneta, e nele começa a escrever nomes e assinalar ao lado de cada nome algum qualificativo que lhe permita revocar a imagem à memória, tenta mesmo desenhar um esboço sintético da forma. Escreve *pavé d'Airvault,* anota "bolores verdes", desenha um paralelepípedo chato e ao lado acrescenta "cerca de quatro centíme-

68

PALOMAR VAI ÀS COMPRAS ■

tros"; escreve *St. Maure,* anota "cilindro cinza granuloso com um bastãozinho dentro" e o desenha, calculando a olho sua medida, "vinte centímetros"; depois escreve *Chabicholi* e desenha um pequeno cilindro.

"Monsieur! Houhou! Monsieur!"— Uma jovem queijeira vestida de rosa está diante do senhor Palomar, absorto em seu caderninho. Chegou a sua vez de pedir; na fila atrás dele todos estão observando seu comportamento incôngruo e balançam a cabeça com esse ar entre irônico e impaciente com que os habitantes das cidades grandes consideram o número sempre crescente dos débeis mentais que andam soltos pelas ruas.

O pedido saboroso e elaborado que tencionava fazer lhe foge da memória; gagueja; recai no que há de mais óbvio, mais banal, mais divulgado, como se os automatismos da civilização de massa esperassem apenas aquele seu momento de incerteza para reencerrá-lo em seu poder.

69

O mármore e o sangue

As reflexões que um açougue inspira a quem entra nele com a sacola de compras envolvem conhecimentos transmitidos por séculos em vários ramos do saber: a pertinência das carnes e dos cortes, o melhor modo de cozer cada peça, os ritos que nos permitem aplacar o remorso pelo sacrifício de outras vidas com a finalidade de alimentar a nossa. As sabedorias açougueira e culinária pertencem às ciências exatas, verificáveis com base na experiência, levando em conta os costumes e as técnicas que variam de país a país; a sapiência sacrificial ao contrário é dominada pela incerteza, e além do mais há séculos caída no esquecimento, mas pesa sobre as consciências obscuramente, como exigência não expressa. Uma devoção reverente por tudo o que diz respeito à carne guia o senhor Palomar, que se dispõe a comprar três bifes. Entre os mármores do açougue ele se detém como num templo, cônscio de que sua existência individual e a cultura a que ele pertence são condicionantes desse lugar.

A fila dos fregueses desliza lentamente ao longo do alto balcão de mármore, ao longo das mísulas e bandejas em que se alinham as peças de carne, tendo cada uma um cartãozinho afixado com o nome e o preço. Vão se sucedendo o vermelho-vivo do boi, o rosa-claro da vitela, o rubro-esmaecido do carneiro, o avermelhado-escuro do porco. Chamejam vastas costelas, redondos turnedôs trespassados em sua espessura por uma fita de toucinho, contrafilés ágeis e esbeltos, bifes armados com as clavas de seus próprios ossos, chãs magras e maciças, peças de cozido estratificadas com e sem gordura, assados à espera do cordel que os obrigue a concentrar-se em si mesmos; logo as cores se atenuam: escalopes de vitela, lombinhos, porções da pá e do peito, vísceras; e eis que entramos no reino dos pernis e das costeletas de cordeiro; mais além branqueia uma tripa, negreja um fígado...

Por trás do balcão, os açougueiros com seus aventais brancos brandem os cutelos de lâmina trapezoidal, os facões de fatiar e depelar, as serras para tronchar os ossos, os soquetes com que espremem os caracóis serpenteantes no funil das máquinas de moer. De ganchos pendem corpos esquartejados a recordar-nos que cada um de nossos bocados é parte de um ser cuja completitude vivente foi arbitrariamente arrancada.

Num cartaz na parede, o perfil de um boi aparece como uma carta geográfica percorrida por linhas chuleadas que delimitam as áreas de interesse comestível, compreendendo toda a anatomia do animal, exceto os chifres e os cascos. Este é o mapa do hábitat humano, tanto quanto do planisfério do planeta, como dois protocolos que pretendessem sancionar os direitos que o homem se atribuiu, de posse, repartição e devoramento sem resíduos dos continentes terrestres e das carnes do corpo animal.

Diz-se que a simbiose homem-boi adquiriu com o passar dos séculos seu equilíbrio (permitindo às duas espécies continuar a multiplicar-se), ainda que assimétrico (é verdade que o homem provê a nutrição do boi, mas não é obrigado a dar-se em refeição), e garantiu o florescimento da civilização dita humana, que pelo menos em parte poderia ser dita humano-bovina (coincidente em parte com aquela humano-ovina e ainda mais parcialmente com a humano-suína, segundo as alternativas de uma complicada geografia de interdições religiosas). O senhor Palomar participa dessa simbiose com lúcida consciência e pleno consentimento: embora reconhecendo na carcaça suspensa do boi a pessoa do próprio irmão esquartejado, no

■ *PALOMAR VAI ÀS COMPRAS*

talho do lombo a própria ferida que mutila a própria carne, ele sabe ser carnívoro, condicionado por sua tradição alimentar a colher na loja do açougueiro a promessa da felicidade gustativa, a imaginar observando essas fatias avermelhadas as listras que a chama deixará sobre os bifes na grelha e o prazer do dente em trincar a fibra bem tostada.

Um sentimento não exclui o outro: o estado de ânimo de Palomar na fila do açougue é ao mesmo tempo de contida alegria e de temor, de desejo e de respeito, de preocupação egoística e de compaixão universal, o estado de ânimo que talvez outros exprimam na oração.

PALOMAR NO ZOO

A corrida das girafas

No zoo de Vincennes o senhor Palomar para diante do recinto das girafas. De quando em quando as girafas adultas se põem a correr seguidas das girafas-mirins, lançando-se em carreira até quase junto à rede de retenção, depois voltando-se sobre si mesmas e repetindo o percurso a passos largos duas ou três vezes, para enfim se deterem. O senhor Palomar não se cansa de observar a corrida das girafas, fascinado pela desarmonia de seus movimentos. Não chega a concluir se galopam ou se trotam, porque o passo das patas posteriores não tem nada a ver com o das anteriores. As patas anteriores, desconjuntadas, se retraem até o peito e se desdobram até o solo, como se estivessem indecisas sobre qual das muitas articulações devam dobrar naquele determinado segundo. As patas posteriores, muito mais curtas e rígidas, avançam para a frente aos saltos, meio de viés, como se fossem pernas de pau, ou muletas que coxeiam, mas como por brincadeira, como se soubessem ser cômicas. No entanto, o pescoço estendido adianta--se ondulando para cima e para baixo, como o braço de um guindaste, sem que se possa estabelecer uma relação entre os movimentos das patas e o do pescoço. Além do mais há um sobressalto da garupa, o qual, porém, não passa do movimento do pescoço que faz alavanca sobre o resto da coluna vertebral.

A girafa parece um mecanismo construído pela junção de peças provenientes de máquinas heterogêneas, que no entanto

■ *PALOMAR NO ZOO*

funciona perfeitamente. O senhor Palomar, continuando a observar as girafas em carreira, dá-se conta de que há uma complicada harmonia comandando aquele tropel desarmônico, uma proporção interna que liga entre si as mais vistosas desproporções anatômicas, uma graça natural que brota daquelas movimentações desgraciosas. O elemento unificador é dado pelas manchas do pelo, dispostas em figuras irregulares mas homogêneas, de contornos nítidos e angulosos; elas se ajustam como um exato equivalente gráfico aos movimentos segmentados do animal. Mais que de manchas devia-se falar de um manto negro cuja uniformidade é rompida por nervuras claras que se abrem seguindo um desenho de losangos: uma descontinuidade de pigmentação que já prenuncia a descontinuidade dos movimentos.

A essa altura, a filhinha do senhor Palomar, que já havia se cansado um pouco de observar as girafas, o arrasta pela mão para a gruta dos pinguins. O senhor Palomar, a quem os pinguins causam angústia, a segue a contragosto, e se pergunta o porquê de seu interesse pelas girafas. Talvez porque o mundo à sua volta se mova de modo desarmônico e Palomar espere sempre descobrir nele um desígnio, uma constante. Talvez porque ele próprio se sinta procedendo impulsionado por movimentos não coordenados da mente, que parecem nada ter a ver uns com os outros e que se torna cada vez mais difícil enquadrar num modelo qualquer de harmonia interior.

O gorila albino

No zoo de Barcelona existe o único exemplar de símio albino que se conhece no mundo, um gorila da África equatorial. O senhor Palomar se destaca das pessoas que se apinham em seu pavilhão. Por trás da parede de vidro, Copito de Nieve ("Floco de Neve", assim o chamam) é uma montanha de carne e pelo branco. Sentado e encostado numa parede está tomando sol. A máscara facial é de um róseo humano, sulcada de rugas; até mesmo o peito mostra uma pele glabra e rósea, como a dos homens da raça branca. Aquele rosto de traços enormes, de gigante triste, às vezes se volta para a multidão dos visitantes além do vidro, a menos de um metro dele; um lento olhar prenhe de desolação, de paciência e enfado, um olhar que exprime toda a resignação de ser o que é, único exemplar no mundo de uma forma não escolhida, não amada, toda a fadiga de carregar sua própria singularidade, toda a aflição de ocupar o espaço e o tempo com a própria presença tão embaraçante e tão vistosa.

A parede de vidro dá para um recinto circundado de muros que assume o aspecto de um pátio de prisão mas que na realidade representa o "jardim" da casa-jaula do gorila, de cujo solo se ergue uma pequena árvore sem folhas e uma escada de ferro de salão de ginástica. Para além do pequeno pátio está a fêmea, um grande gorila negro com a cria igualmente negra no braço: a brancura do pelo não se herda; Copito de Nieve continua a ser o único albino entre todos os gorilas.

■ *PALOMAR NO ZOO*

Encanecido e imóvel, o símio evoca à mente do senhor Palomar uma antiguidade imemorial, como as montanhas ou as pirâmides. Na realidade é um animal ainda jovem e só o contraste entre a cara rósea e o pelo alvo e curto que o emoldura e sobretudo as rugas em torno dos olhos é que lhe dão a aparência de ancião. Quanto ao resto, o aspecto de Copito de Nieve apresenta menos semelhanças com o homem do que outros primatas: em lugar do nariz se cavam dois grandes buracos; as mãos, pelosas e — por assim dizer — pouco articuladas, nas extremidades dos braços muito compridos e rígidos, são ainda na realidade patas, e como tais o gorila as usa para caminhar, apoiando-as no solo como um quadrúpede.

Neste momento esses braços-patas estão apertando contra o peito um pneu de automóvel. No enorme vazio de suas horas, Copito de Nieve jamais abandona esse pneu. Que será esse objeto para ele? Um brinquedo? Um fetiche? Um talismã? Palomar imagina compreender perfeitamente o gorila, sua necessidade de alguma coisa que lhe aplaque a angústia do isolamento, da diversidade, da condenação a ser sempre considerado um fenômeno vivo, seja por suas mulheres e filhos, seja pelos visitantes do zoo.

A fêmea também possui o seu, mas para ela esse pneu de automóvel é um objeto de uso, com o qual tem um relacionamento prático e sem problemas: está sentada nele como numa poltrona, tomando sol e catando as pulgas do filhote. Para Copito de Nieve, ao contrário, o contato com o pneu parece ser algo de afetivo, de possessivo e de certo modo simbólico. Dali pode-se abrir para ele uma escapatória em direção daquilo que para o homem é a busca de uma saída para a angústia de viver: investir-se a si mesmo nas coisas, reconhecer-se nos signos, transformar o mundo num conjunto de símbolos; quase um primeiro alvorecer da cultura na longa noite biológica. Para fazer isso o gorila albino dispõe apenas de um pneu de automóvel, um artefato da produção humana, estranho a ele, privado de toda potencialidade simbólica, nu de significados, abstrato. Não se diria que contemplando-o se pudesse extrair dele grande coisa. Contudo, que haveria melhor do que um círculo vazio para assumir todos os significados que lhe quiséssemos atribuir? Talvez identificando-se com ele o gorila esteja a ponto de alcançar no fundo do silêncio as fontes das quais brota a linguagem, de estabelecer um fluxo de relações entre os seus pensamentos e a irredutível evidência surda dos fatos que determinam sua vida...

Saindo do zoo o senhor Palomar não pode apagar da mente a imagem do gorila albino. Tenta falar sobre ele com as pessoas que encontra, mas não consegue fazer-se ouvir por ninguém. À noite, tanto nas horas de insônia quanto nos breves sonhos, o símio continua a aparecer-lhe. "Assim como o gorila tem seu pneu que lhe serve de suporte tangível para um frenético discurso sem palavras", ele pensa, "também tenho essa imagem do símio branco. Todos rolamos nas mãos um velho pneu vazio por meio do qual queremos atingir o sentido último que as palavras não alcançam."

A ordem dos escamados

O senhor Palomar gostaria de saber por que os iguanas o atraem; em Paris de tempos em tempos vai visitar o reptilário do *Jardin des Plantes*; e nunca se desilude; o que a vista de um iguana tem em si de extraordinário, e mesmo de único, é para ele bem claro; mas sente que há alguma coisa além disso e não sabe dizer o que é.

O *Iguana iguana* é recoberto por uma pele verde como que tecida por minúsculas escamas picotadas. E tem pele em demasia: no pescoço, nas patas forma pregas, bolsas, tufos, como uma roupa que deveria estar aderente ao corpo e em vez disso fica sobrando em toda a parte. Ao longo da espinha dorsal ergue-se uma crista denteada que continua até a cauda; a cauda também é verde até certo ponto, depois quanto mais se alonga mais se descolore e se segmenta em anéis de cores alternadas: marrom-claro e marrom-escuro. Sobre o focinho de escamas verdes, o olho se abre e se fecha, e é esse olho "evoluído", dotado de olhar, atenção, tristeza, que dá a ideia de que um outro ser se esconde sob aquela aparência de dragão: um animal mais semelhante àqueles nos quais depositamos confiança, uma presença viva menos distante de nós do que parece...

Depois, outras cristas espinhosas sob o queixo, no pescoço duas placas brancas redondas como as de um aparelho acústico: uma quantidade de acessórios e adminículos, refinamentos e guarnições defensivas, um mostruário de formas disponíveis no reino animal e talvez também em outros reinos, coisas demais para se acharem em cima de um só bicho, que estariam fazendo ali? Servirão para mascarar alguma coisa que nos está olhando lá de dentro?

As patas anteriores de cinco dedos fariam pensar mais em artelhos que em mãos se não fossem implantadas em braços verdadeiros e próprios, musculosos e bem modelados; o mesmo não ocorre com as patas posteriores, compridas e moles, com dedos semelhantes a mergulhões vegetais. Mas o animal em seu conjunto, embora do fundo de seu torpor imóvel e resignado, comunica uma imagem de força.

Na vitrine do *Iguana iguana* o senhor Palomar se deteve depois de ter contemplado outra em que havia dez pequenos iguanas agarrados uns aos outros, mudando continuamente de posição com ágeis movimentos dos cotovelos e dos joelhos, e se estendendo todos no sentido do alongamento: a pele de um verde brilhante, com um pontinho cor de cobre no lugar onde os peixes têm as brânquias, uma barba branca crestada, olhos claros abertos em torno da pupila negra. Depois o Varano das savanas, que se esconde nas areias da mesma cor que ele; o teiú ou Tupinambis negro amarelado, quase um caimão; o Cordilo gigante africano de escamas pontudas e espessas como pelos ou folhas, cor do deserto, tão concentrado em seu intento de excluir-se do mundo que se enrosca em círculo apertando a cauda contra a cabeça. A carapaça verde-cinza em cima e branca embaixo de um cágado imerso na água de um tanque transparente parece mole, carnosa; o focinho pontudo ergue-se como se estivesse de colarinho alto.

A vida no pavilhão dos répteis apresenta-se como um esbanjamento de formas sem estilo e sem plano, onde tudo é possível, e os animais e as plantas e as pedras intercambiam escamas, acúleos, concreções, mas entre as infinitas combinações possíveis só algumas — talvez exatamente as mais incríveis — se fixam, resistem ao fluxo que as dissolve, as mistura e as replasma; e de repente cada uma dessas formas se torna o

PALOMAR NO ZOO

centro de um mundo, separada para sempre das outras, como aqui na fila das vitrines-jaulas do zoo, e neste infinito número de modos de ser, cada qual identificado em sua monstruosidade, e necessidade, e beleza, consiste a ordem, a única ordem reconhecível do mundo. A sala dos iguanas no *Jardin des Plantes* com suas vitrines iluminadas, onde répteis em sonolência se escondem entre ramos e rochas e areia de suas florestas originárias ou do deserto, reflete a ordem do mundo, seja ela o reflexo do céu das ideias na terra ou a manifestação exterior do segredo da natureza das coisas, da norma oculta no fundo daquilo que existe.

Será esse ambiente, mais que os répteis em si, o que atrai obscuramente o senhor Palomar? Um calor úmido e brando impregna o ar como uma esponja; um bafio acre, grave, infecto obriga-nos a suster a respiração; a sombra e a luz estagnam num amálgama imóvel de dias e noites: são estas as sensações de quem se debruça para fora do humano? Além do vidro de cada jaula há um mundo anterior ao homem, ou posterior, para demonstrar que o mundo do homem não é eterno nem o único. É para se dar conta disso com os próprios olhos que o senhor Palomar passa em revista esses redutos em que dormem os pitões, as boas, os crótalos dos bambus, as cobras arborícolas das Bermudas?

Mas dos mundos em que o homem está excluso, cada vitrine é um exemplário mínimo, arrancado de uma continuidade natural que poderia também não ter jamais existido, poucos metros cúbicos de atmosfera que engenhos elaborados mantêm a certo grau de temperatura e de umidade. Portanto, cada exemplar desse bestiário antediluviano é mantido vivo artificialmente, quase como se fosse uma hipótese da mente, um produto da imaginação, uma construção da linguagem, uma argumentação paradoxal destinada a demonstrar que o único mundo verdadeiro é o nosso...

Como se só então o odor dos répteis se tornasse insustentável, o senhor Palomar sente de súbito o desejo de sair para o ar livre. Precisa atravessar o salão dos crocodilos, em que se

PALOMAR NO ZOO

alinha uma fileira de tanques separados por barreiras. Na parte enxuta ao lado de cada tanque jazem os crocodilos, sós ou em casais, de cor extinta, toscos, ásperos, horrendos, estendidos pesadamente, espichados no solo em toda a extensão das compridas fauces cruéis, dos ventres frios, das longas caudas. Parecem estar adormecidos, mesmo aqueles que têm os olhos abertos, ou talvez todos insones numa desolação atônita, mesmo de olhos fechados. Vez por outra um deles se sacode devagar, mal se ergue sobre as patas curtas, desliza até a beira do tanque, deixa-se cair com um baque aplastado erguendo uma onda, flutua com o corpo imerso pela metade, imóvel como antes. Desmesurada paciência, a dele, ou um desespero sem fim? Que esperam, ou o que já se cansaram de esperar? Em que tempo estão imersos? No da espécie, subtraído ao curso das horas que se precipitam desde o nascimento até a morte do indivíduo? Ou no tempo das eras geológicas, que desloca os continentes e consolida a crosta das terras emersas? Ou no lento resfriamento dos raios do sol? O pensamento de um tempo fora de nossa experiência é insustentável. Palomar apressa-se em sair do pavilhão dos répteis, que só se pode visitar de tempos em tempos e assim mesmo de passagem.

OS SILÊNCIOS DE PALOMAR

AS VIAGENS DE PALOMAR

O canteiro de areia

Um pequeno pátio recoberto de areia branca de grãos grossos, quase saibro, espalhada em sulcos retos paralelos ou em círculos concêntricos, em redor de cinco grupos irregulares de seixos ou escolhos baixos. Este é um dos monumentos mais famosos da civilização japonesa, o jardim de pedras e areia do templo Ryoanji de Quioto, imagem típica da contemplação do absoluto atingível pelos meios mais simples e sem o recurso a conceitos exprimíveis por palavras, segundo o ensinamento monástico do zen, a seita mais espiritual do budismo.

O recinto retangular de areia incolor é flanqueado em três lados por muros recobertos de telhas, acima dos quais as árvores verdejam. No quarto lado há um estrado de madeira com degraus onde o público pode passar, deter-se ou sentar-se. "Se nosso olhar interior se mantiver absorto na vista deste jardim", explica o panfleto que é oferecido aos visitantes, em japonês e em inglês, assinado pelo abade do templo, "logo nos sentiremos subtraídos à relatividade de nosso eu individual, enquanto a intuição do Eu absoluto nos preencherá de serena maravilha, purificando nossas mentes ofuscadas."

O senhor Palomar está disposto a seguir esses conselhos com firmeza e senta-se nos degraus, observa as rochas uma por uma, segue as ondulações da areia branca, deixa que a harmonia indefinível que reúne os elementos do quadro o penetre pouco a pouco.

■ *AS VIAGENS DE PALOMAR*

Ou seja: procura imaginar todas essas coisas como as sentiria alguém que pudesse concentrar-se na contemplação do jardim zen na solidão e no silêncio. Porque — havíamos esquecido de dizer — o senhor Palomar está espremido no estrado em meio a centenas de visitantes que o empurram por todos os lados, objetivas de máquinas fotográficas e filmadoras que se destacam entre cotovelos, joelhos, orelhas da multidão enquadrando as rochas e a areia de todos os ângulos, iluminados pela luz natural ou por flashes. Turbas de pés com meias de lã galgam por cima dele (os sapatos, como sempre no Japão, são deixados na entrada), a filharada é impelida para a frente por genitores pedagógicos, frotas de estudantes de uniforme se empurram, ansiosos somente por digerir o mais rápido possível a visita escolar ao monumento famoso; visitantes diligentes com um movimento ritmado da cabeça para cima e para baixo verificam se tudo o que está escrito no guia corresponde à realidade e se tudo o que se vê na realidade está escrito no guia.

"Podemos ver o jardim de areia como um arquipélago de ilhas rochosas na imensidade do oceano, ou antes como o cimo de altas montanhas que emergem de um mar de nuvens. Podemos vê-lo como um quadro emoldurado pelos muros do templo, ou esquecer-nos da moldura e convencer-nos de que o mar de areia pode se expandir sem limites e cobrir todo o mundo."

Essas "instruções para uso" estão contidas no panfleto, e ao senhor Palomar parecem perfeitamente plausíveis e aplicáveis de imediato, sem esforço, desde que a pessoa se sinta segura de fato de possuir uma individualidade de que se possa despir, de estar contemplando o mundo do interior de um eu que possa dissolver-se e tornar-se apenas um olhar. Mas é justo este ponto de partida que exige um esforço de imaginação suplementar, dificílimo de conseguir-se quando o próprio eu está aglutinado numa multidão compacta que olha com seus mil olhos e percorre com seus milhares de pés o itinerário obrigatório da visita turística.

AS VIAGENS DE PALOMAR ■

Só resta concluir que, para se chegar ao extremo da humildade, ao despojamento de todo orgulho e sentimento de posse, as técnicas mentais do zen têm como fundo necessário o privilégio aristocrático, elas pressupõem o individualismo com tanto espaço e tanto tempo ao redor de si, os horizontes de uma solidão sem ânsias?

Mas esta conclusão que conduz à habitual nostalgia de um paraíso perdido pela invasão de uma civilização de massa soa demasiado fácil ao senhor Palomar. Ele prefere meter-se por um caminho mais difícil, procurar compreender aquilo que o jardim zen lhe pode oferecer à vista na situação específica em que pode ser observado hoje, esticando o próprio pescoço em meio a outros pescoços.

Que vê? Vê a espécie humana na era dos grandes números estendendo-se numa multidão nivelada mas feita de individualidades distintas como esse mar de grãozinhos de areia que submerge a superfície do mundo... Vê o mundo nada obstante continuar a mostrar os dorsos de granito de sua natureza indiferente ao destino da humanidade, sua dura substância irredutível à assimilação humana... Vê as formas em que a areia humana se agrega tenderem a dispor-se segundo linhas de movimento, desenhos que combinam regularidade e fluidez como os traços retilíneos ou circulares de um ancinho... E entre humanidade-areia e mundo-escolho intui-se uma harmonia possível como entre duas harmonias não homogêneas: a do não humano num equilíbrio de forças que parece não corresponder a nenhum desenho; a das estruturas humanas que aspira a uma racionalidade de composição geométrica ou musical, jamais definitiva...

Serpentes e caveiras

No México, o senhor Palomar está visitando as ruínas de Tula, antiga capital dos toltecas. Acompanha-o um amigo mexicano, conhecedor apaixonado e eloquente das civilizações pré-hispânicas, que lhe conta belíssimas lendas sobre Quetzalcóatl. Antes de se tornar um deus, Quetzalcóatl tinha aqui em Tula seu palácio real; dele só resta uma porção de colunas truncadas em volta de um implúvio, algo parecido com um palácio da Roma antiga.

O templo da Estrela da Manhã é uma pirâmide com degraus. No alto erguem-se quatro cariátides cilíndricas, ditas "atlantes", que representam o deus Quetzalcóatl como Estrela da Manhã (por meio de uma borboleta que trazem nas costas, símbolo da estrela), e quatro colunas esculpidas, que representam a Serpente de Plumas, ou seja, sempre o mesmo deus sob forma animal.

Não é para se tomar tudo isto ao pé da letra; por outro lado seria difícil demonstrar o contrário. Na arqueologia mexicana cada estátua, cada objeto, cada detalhe de baixo-relevo significa alguma coisa que significa alguma coisa que por sua vez significa alguma coisa. Um animal significa um deus que significa uma estrela que significa um elemento ou uma qualidade humana, e assim por diante. Estamos no mundo da escrita pictográfica; para escrever, os antigos mexicanos desenhavam figuras, e mesmo quando desenhavam figuras era como se escrevessem: cada figura se apresenta como um rébus a ser decifrado. Mesmo os frisos mais abstratos e geométricos numa parede do templo podem ser interpretados como setas se apresentam um motivo de linhas pontilhadas, ou neles podemos ler uma sucessão numérica segundo a maneira como se desenvolvem as gregas. Aqui em Tula os baixos-relevos repetem figuras animais estilizadas: jaguares, coiotes. O amigo mexicano detém-se diante de cada pedra, transforma-a em narrativa cósmica, em alegoria, em reflexão moral.

Entre as ruínas desfila um grupo de estudantes: garotos de traços indiáticos, talvez descendentes dos construtores daqueles templos, usando um singelo uniforme branco tipo escoteiro com lenços azuis. Os jovens são guiados por um professor não muito mais alto que eles e pouco mais velho, com o mesmo rosto moreno arredondado e firme. Sobem os outros degraus da pirâmide, detêm-se sob as colunas, o professor diz a que civilização pertencem, a que século, em que tipo de pedra foram esculpidas, depois conclui: "Não se sabe o que querem dizer", e os estudantes o seguem empreendendo a descida. A cada estátua, a cada figura esculpida num baixo-relevo ou numa coluna o professor fornece alguns dados factuais e acrescenta invariavelmente: "Não se sabe o que querem dizer".

Surge um *chac-mool,* tipo de estátua bastante difundido: uma figura humana semiestendida segura um vaso; naqueles vasos, afirmam unanimemente os estudiosos, é que eram apresentados os corações ensanguentados das vítimas dos sacrifícios humanos. Essas estátuas em si e por si poderiam ser vistas como toscos bonecos bonachões; mas cada vez que depara com uma delas o senhor Palomar não pode deixar de sentir calafrios.

Passa a fila de escolares. E o professor: *"Esto es un chac-mool. No se sabe qué quiere decír",* e segue em frente.

O senhor Palomar, embora acompanhando as explicações do amigo que o guia, acaba sempre por cruzar com os estudantes e entreouvir as palavras do professor. Fica fascinado pela riqueza de referências mitológicas do amigo: o jogo das interpretações, a leitura alegórica sempre lhe pareceram um exercício soberano da mente. Mas sente-se atraído também pelo comportamento oposto do professor da escola: aquilo que lhe pareceu a princípio uma expedita falta de interesse aos poucos vai se

■ AS VIAGENS DE PALOMAR

revelando a ele como uma postura científica e pedagógica, uma escolha de método daquele jovem grave e consciencioso, uma regra a que não quer renunciar. Uma pedra, uma figura, um signo, uma palavra que nos cheguem isolados de seu contexto são apenas aquela pedra, aquela figura, aquele signo ou palavra: podemos tentar defini-los, descrevê-los como tais, só isto; se além da face que nos apresentam possuem também uma outra face, a nós não é dado sabê-lo. A recusa em compreender mais do que aquilo que estas pedras mostram é talvez o único modo possível de demonstrar respeito por seu segredo; tentar adivinhar é presunção, traição do verdadeiro significado perdido.

Por trás da pirâmide passa um corredor ou viela entre dois muros, um de terra batida, outro de pedra esculpida: o Muro das Serpentes. Talvez seja o recanto mais belo de Tula: no friso em relevo sucedem-se serpentes, cada uma das quais tem uma caveira humana nas fauces abertas como se estivesse para devorá-la.

Passam os estudantes. E o professor: "Este é o Muro das Serpentes. Cada serpente tem uma caveira na boca. Não se sabe o que significam".

O amigo não consegue conter-se: "Claro que se sabe! É a continuidade da vida e da morte, as serpentes são a vida, as caveiras são a morte; a vida que é vida porque traz consigo a morte e a morte que é morte porque sem morte não há vida...".

Os rapazotes ficam a ouvir de boca aberta, os olhos negros atônitos. O senhor Palomar pensa que toda tradução requer uma outra tradução, e assim por diante. Pergunta-se a si mesmo: "Que quereria dizer morte, vida, continuidade, passagem para os antigos toltecas? E que poderá querer dizer para esses garotos? E para mim?". Contudo, sabe que não poderia jamais sufocar em si a necessidade de traduzir, de passar de uma linguagem a outra, de uma figura concreta a palavras abstratas, de símbolos abstratos a experiências concretas, de tecer e tornar a tecer uma rede de analogias. Não interpretar é impossível, como é impossível abster-se de pensar.

Mal o bando de estudantes desaparece numa curva, a voz obstinada do pequeno professor continua: "*No es verdad,* não é verdade o que aquele *señor* disse. Não se sabe o que significam".

A pantufa desparelhada

Numa viagem a um país do Oriente, o senhor Palomar comprou um par de pantufas num bazar. De volta a casa, tenta calçá-las: dá-se conta de que uma delas é maior que a outra e lhe escorrega do pé. Lembra-se do velho vendedor sentado nos calcanhares num nicho do bazar diante de um montão de pantufas de todos os tamanhos; recorda-o remexendo o montão para encontrar uma pantufa que lhe sirva no pé, faz com que ele a experimente e depois volta a remexer no montão e lhe apresenta o outro suposto pé, que ele aceita sem provar.

"Talvez agora", pensa o senhor Palomar, "um outro homem esteja caminhando em algum país com duas pantufas desparelhadas." E vê uma débil sombra claudicante percorrendo o deserto, com um calçado que lhe escapole do pé a cada passo, ou talvez mais apertado, que lhe aprisiona o pé torcido. "Talvez também ele neste momento pense em mim, espere encontrar-me para fazer a troca. O vínculo que nos une é mais concreto e claro do que a maior parte das relações que se estabelecem entre os seres humanos. Contudo, jamais nos encontraremos." Decide continuar a usar estas pantufas desparelhadas em solidariedade com seu companheiro de desventura ignoto, para manter viva essa complementaridade tão rara, esse espelhamento de passos claudicantes de um continente a outro.

Demora-se na revocação dessas imagens, mas sabe que não correspondem à realidade. Uma avalanche de pantufas

■ *AS VIAGENS DE PALOMAR*

costuradas em série vem periodicamente reabastecer o montão do velho mercador daquele bazar. No fundo do montão restam sempre duas pantufas que não se casam, mas enquanto o velho mercador não exaurir o seu estoque (o que talvez jamais aconteça, e quando ele morrer a lojinha com todas as suas mercadorias passará aos herdeiros e aos herdeiros dos herdeiros), bastará procurar no montão e sempre se encontrará uma pantufa que se case com outra pantufa. Só com um comprador distraído como ele pode verificar-se um erro, mas podem passar séculos até que as consequências desse erro repercutam num outro freguês do velho bazar. Cada processo de desagregação da ordem do mundo é irreversível, mas os efeitos são escondidos e retardados pelas miríades de grandes números que contêm possibilidades praticamente ilimitadas de novas simetrias, combinações, acoplamentos.

Mas e se o seu erro tivesse apenas cancelado um erro precedente? Se sua distração fosse portadora não de desordem mas de ordem? "Talvez o mercador soubesse bem o que fazia", pensa o senhor Palomar; "dando-me aquela pantufa desparelhada reparou uma disparidade que havia séculos se escondia naquele montão de pantufas, transmitido de geração a geração naquele bazar."

O companheiro ignoto talvez claudicasse em outra época, a simetria de seus passos ecoa não só de um continente a outro, mas na distância dos séculos. Nem por isso o senhor Palomar se sente menos solidário com ele. Continua a manquejar penosamente para dar alívio à sua sombra.

PALOMAR EM SOCIEDADE
Do morder a língua

Numa época e num país em que todos se esforçam por emitir seus juízos e opiniões, o senhor Palomar adquiriu o hábito de morder a língua três vezes antes de fazer qualquer afirmação. Se na terceira mordida de língua ainda está convencido do que estava para dizer, então o diz; se não, cala-se. Na verdade, passa semanas e meses inteiros em silêncio.

Boas ocasiões de calar não faltam nunca, mas pode ocorrer o caso raro de o senhor Palomar lamentar-se de não ter dito algo no momento oportuno. Lembra-se de que os fatos confirmaram aquilo que pensava, e que se então houvesse expressado seu pensamento talvez tivesse exercido alguma influência positiva, por mínima que fosse, sobre o que estava acontecendo. Nesses casos seu ânimo se divide entre a satisfação de haver pensado de maneira correta e um sentido de culpa por sua reserva excessiva. Sentimentos ambos tão fortes que é tentado a exprimi-los por palavras; mas depois de haver mordido a língua três vezes, e até mesmo seis, se convence de que não há aí nenhum motivo de orgulho ou de remorso.

Pensar de maneira correta não é um mérito: estatisticamente é quase inevitável que entre as muitas ideias estouvadas, confusas ou banais que nos vêm à mente alguma possa ser clara ou de fato genial; e assim como ocorreu a ele, pode ocorrer também a alguma outra pessoa.

■ *PALOMAR EM SOCIEDADE*

Mais controverso é o juízo de não haver manifestado seu pensamento. Em tempos de silêncio generalizado, conformar-se com a mudez dos outros é certamente culpável. Nos tempos em que todos falam demais, o importante não é tanto dizer a coisa certa, que de qualquer forma se perderia na inundação das palavras, quanto dizê-la partindo de premissas e implicando consequências que deem à coisa dita seu máximo valor. Mas então, se o valor de uma simples afirmação está na continuidade e coerência do discurso em que se encontra encaixada, a única escolha possível é entre se falar em continuação e não se falar nada. No primeiro caso o senhor Palomar revelaria que seu pensamento não procede em linha reta mas em zigue-zagues, mediante oscilações, desmentidos, correções, em meio aos quais a certeza de sua afirmação se perderia. Quanto à segunda alternativa, essa implica uma arte de calar mais difícil ainda do que a arte de dizer.

Na verdade, mesmo o silêncio pode ser considerado um discurso, enquanto refutação ao uso que os outros fazem da palavra; mas o sentido desse silêncio-discurso está nas suas interrupções, ou seja, naquilo que de tanto em tanto se diz e que dá um sentido àquilo que se cala.

Ou melhor: um silêncio pode servir para excluir certas palavras ou mesmo mantê-las de reserva para serem usadas numa ocasião melhor. Dessa forma uma palavra dita agora pode economizar cem amanhã ou talvez obrigar-nos a dizer outras mil. "Cada vez que mordo a língua", conclui mentalmente o senhor Palomar, "devo pensar não apenas no que estou para dizer, mas em tudo o que se digo ou não digo será dito ou não dito por mim ou pelos outros." Formulado este pensamento, morde a língua e permanece em silêncio.

Do relacionar-se com os jovens

Numa época em que a intolerância dos velhos para com os jovens e dos jovens para com os velhos atingiu seu ponto culminante, em que o que os velhos fazem é apenas acumular argumentos para finalmente dizer aos jovens aquilo que eles merecem e os jovens só esperam o momento de demonstrar que os velhos não entendem nada, o senhor Palomar não consegue dizer coisa alguma. Se às vezes tenta intervir numa discussão, percebe que todos estão por demais inflamados nas teses que sustentam para dar atenção àquilo que ele está procurando esclarecer a si mesmo.

O fato é que mais do que afirmar sua verdade ele gostaria de fazer perguntas, e compreende que ninguém está disposto a sair dos trilhos de seu próprio discurso para responder a perguntas que, vindas de um outro discurso, obrigariam a repensar as mesmas coisas com outras palavras, e quem sabe encontrar-se em território desconhecido, distante dos percursos seguros. Ou antes: gostaria que os outros lhe fizessem perguntas; mas ainda assim gostaria que fossem apenas determinadas perguntas e não outras, às quais responderia dizendo as coisas que sente poder dizer mas que só poderia dizer se alguém lhe pedisse para dizê-las. Todavia, ninguém nem sonha em pedir-lhe algo.

Estando as coisas neste pé, o senhor Palomar se limita a ruminar consigo a dificuldade de falar aos jovens.

■ PALOMAR EM SOCIEDADE

Pensa: "A dificuldade vem do fato de que entre nós e eles há um fosso impreenchível. Algo ocorreu entre a nossa geração e a deles, uma continuidade de experiências se rompeu: não temos mais pontos de referência em comum".

Depois pensa: "Não, a dificuldade vem do fato de que cada vez que estou para dirigir-lhes uma reprovação ou uma crítica ou uma exortação ou um conselho, penso que também eu quando jovem despertava reprovações críticas exortações conselhos do mesmo gênero, e não lhes dava ouvidos. Os tempos eram diversos e disso resultavam muitas diferenças no comportamento, na linguagem, nos costumes, mas meus mecanismos mentais de então não eram muito diversos dos de hoje. Logo não tenho autoridade alguma para falar".

O senhor Palomar oscila demoradamente entre esses dois modos de considerar a questão. Depois decide: "Não há contradições entre os dois posicionamentos. A solução de continuidade entre as gerações depende da impossibilidade de transmitir a experiência, de evitar que os outros incorram nos erros já cometidos por nós. A distância entre duas gerações é dada pelos elementos que elas têm em comum e que obrigam à repetição cíclica das mesmas experiências, como nos comportamentos das espécies animais transmitidos como herança biológica; ao passo que os elementos de diversidade entre nós e eles são o resultado das mudanças irreversíveis que cada época traz consigo, ou seja, dependem da herança histórica que tenhamos transmitido a eles, a verdadeira herança pela qual somos responsáveis, mesmo se às vezes inconscientes. Por isso nada temos a ensinar: não podemos influir sobre aquilo que mais se assemelha à nossa experiência; não sabemos reconhecer-nos naquilo que traz a nossa marca".

O modelo dos modelos

Houve na vida do senhor Palomar uma época em que sua regra era esta: primeiro, construir um modelo na mente, o mais perfeito, lógico, geométrico possível; segundo, verificar se tal modelo se adapta aos casos práticos observáveis na experiência; terceiro, proceder às correções necessárias para que modelo e realidade coincidam. Esse procedimento, elaborado por físicos e astrônomos que indagam a estrutura da matéria e do universo, parecia a Palomar o único capaz de lhe permitir enfrentar os mais emaranhados problemas humanos, e em primeiro lugar os da sociedade e do melhor modo de governar. Precisava conseguir ter presente por um lado a realidade informe e demente da convivência humana, que só gera monstruosidades e desastres, e por outro lado um modelo de organismo social perfeito, desenhado com linhas nitidamente traçadas, retas e círculos e elipses, paralelogramos de forças, diagramas com abscissas e ordenadas.

Para construir um modelo — Palomar sabia —, é necessário partir de algo, ou seja, ter princípios dos quais derivar por dedução o próprio raciocínio. Esses princípios — também chamados axiomas ou postulados — nós não os escolhemos a posteriori, mas já os temos, porque se não os tivéssemos não poderíamos nem sequer nos pôr a pensar. Mesmo Palomar portanto os tinha, mas — não sendo nem matemático nem lógico — não se dava ao trabalho de defini-los. A dedução era,

97

■ *PALOMAR EM SOCIEDADE*

no entanto, uma de suas atividades preferidas, porque podia dedicar-se a ela sozinho e em silêncio, sem aparelhagens especiais, em qualquer lugar ou momento, sentado numa poltrona ou passeando. Quanto à indução, porém, ele tinha certa desconfiança, talvez porque suas experiências lhe pareciam aproximativas e parciais. A construção de um modelo era portanto para ele um milagre de equilíbrio entre os princípios (deixados à sombra) e a experiência (inapreensível), mas o resultado devia possuir uma consistência muito mais sólida que uns e outra. Num modelo bem construído, na verdade, cada detalhe deve estar condicionado aos demais, para que tudo se mantenha com absoluta coerência, como num mecanismo em que, parando uma engrenagem, todo o conjunto para. O modelo é por definição aquele em que não há nada a modificar, aquele que funciona com perfeição; ao passo que a realidade, vemos bem que ela não funciona e que se esfrangalha por todos os lados; portanto, resta apenas obrigá-la a adquirir a forma do modelo, por bem ou por mal.

Por muito tempo o senhor Palomar se esforçou por atingir uma impassibilidade e um alheamento tais que só levavam em conta a harmonia serena das linhas do desenho: todas as lacerações e contorções e compressões que a realidade humana deve sofrer para identificar-se com o modelo deviam ser consideradas acidentes momentâneos e irrelevantes. Mas se por um instante ele deixava de fixar a harmoniosa figura geométrica desenhada no céu dos modelos ideais, saltava a seus olhos uma paisagem humana em que a monstruosidade e os desastres não eram de todo desaparecidos e as linhas do desenho surgiam deformadas e retorcidas.

O que se desejava então era um trabalho sutil de ajustamento, que trouxesse correções graduais ao modelo para aproximá-lo de uma realidade possível, e à realidade para aproximá-la do modelo. Na verdade o grau de ductilidade da natureza humana não é ilimitado como a princípio se pensava; e em compensação até mesmo o modelo mais rígido pode dar provas de uma elasticidade insuspeitada. Em suma, se o modelo não consegue transformar a realidade, a realidade deveria conseguir transformar o modelo.

A regra do senhor Palomar foi aos poucos se modificando: agora já desejava uma grande variedade de modelos, se possível transformáveis uns nos outros segundo um procedimento combinatório, para encontrar aquele que se adaptasse melhor a uma realidade que por sua vez fosse feita de tantas realidades distintas, no tempo e no espaço.

Mas não que Palomar elaborasse ele mesmo modelos ou se aplicasse em empregar modelos já elaborados: limitava-se a imaginar um uso correto dos modelos corretos para preencher o abismo que via escancarar-se cada vez mais entre a realidade e os princípios. Em suma, o modo pelo qual os modelos podiam ser manobrados e dirigidos não entrava em sua competência nem em suas possibilidades de intervenção. Dessas coisas ocupavam-se habitualmente pessoas muito diferentes dele, que julgam sua funcionalidade segundo outros critérios: como instrumentos de poder, sobretudo, mais que segundo os princípios ou as consequências na vida das pessoas. Coisa aliás bastante natural, dado que tudo aquilo que os modelos procuram modelar é sempre um sistema de poder; mas se a eficácia do sistema se mede pela sua invulnerabilidade e capacidade de durar, o modelo se torna uma espécie de fortaleza cujas muralhas espessas ocultam aquilo que está fora. Palomar, que sempre espera o pior dos poderes e contrapoderes, acabou por convencer-se de que o que conta na verdade é aquilo que ocorre *não obstante* eles: a forma que a sociedade vai adquirindo lentamente, silenciosamente, anonimamente, nos hábitos, no modo de pensar e de fazer, na escala de valores. Analisando assim as coisas, o modelo dos modelos almejado por Palomar deverá servir para obter modelos transparentes, diáfanos, sutis como teias de aranha; talvez até mesmo para dissolver os modelos, ou até mesmo para dissolver-se a si próprio.

Neste ponto só restava a Palomar apagar da mente os modelos e os modelos de modelos. Completado também esse passo, eis que ele se depara face a face com a realidade mal

99

PALOMAR EM SOCIEDADE

padronizável e não homogeneizável, formulando os seus "sins", os seus "nãos", os seus "mas". Para fazer isso, melhor é que a mente permaneça desembaraçada, mobiliada apenas com a memória de fragmentos de experiências e de princípios subentendidos e não demonstráveis. Não é uma linha de conduta da qual possa extrair satisfações especiais, mas é a única que lhe parece praticável.

Já que se trata de reprovar os danos da sociedade e os abusos de quem abusa, ele não hesita (salvo enquanto teme que, por falar demais, também as coisas mais corretas possam soar repetitivas, óbvias, exauridas). Acha mais difícil pronunciar-se sobre os remédios, primeiro porque gostaria de certificar-se de que não provocariam danos e abusos maiores e que, se sabiamente predispostos por reformadores iluminados, poderiam pois ser postos em prática sem dano pelos seus sucessores: talvez ineptos, talvez prevaricadores, talvez ineptos e prevaricadores a um só tempo.

Só lhe falta expor esses belos pensamentos de forma sistemática, mas um escrúpulo o retém: e se daí decorresse um modelo? Assim prefere manter suas convicções em estado fluido, verificá-las caso a caso e fazer delas a regra implícita do próprio comportamento cotidiano, no fazer ou no não fazer, no escolher ou no excluir, no falar ou no calar-se.

AS MEDITAÇÕES DE PALOMAR
O mundo contempla o mundo

Na sequência de uma série de infortúnios intelectuais que não merecem ser aqui recordados, o senhor Palomar resolveu que sua atividade principal seria contemplar as coisas pelo seu exterior. Um tanto míope, alheado, introvertido, ele não parece ajustar-se por temperamento ao tipo humano que é geralmente definido como observador. Contudo, ocorre-lhe sempre que determinadas coisas — um muro de pedra, uma concha de molusco, uma folha, uma chaleira — se apresentam a ele como se lhe solicitassem uma atenção minuciosa e prolongada: ele se põe a observá-las quase sem se dar conta disso e seu olhar começa a percorrer todos os detalhes, e não consegue mais parar. O senhor Palomar decidiu que doravante redobrará sua atenção: primeiro, em não se esquivar a esses reclamos que lhe vêm das coisas; segundo, em atribuir à operação de observar a importância que ela merece.

A essa altura sobrevém um momento inicial de crise: seguro de que a partir de agora o mundo lhe revelará uma riqueza infinita de coisas a observar, o senhor Palomar procura fixar tudo o que lhe passa ao alcance: não deriva nenhum prazer disso, e deixa para lá. Segue-se uma segunda fase em que está convencido de que as coisas que deve observar são apenas algumas e não todas, e é à procura dessas que deve andar; para tanto precisa enfrentar a cada instante problemas de escolhas, exclusões, hierarquias de preferências; logo se dá

101

■ *AS MEDITAÇÕES DE PALOMAR*

conta de que está arruinando tudo, como acontece toda vez que mete no meio seu próprio eu e todos os problemas que tem com o próprio eu.

Mas como é possível observar alguma coisa deixando à parte o eu? De quem são os olhos que olham? Em geral se pensa que o eu é algo que nos está saliente dos olhos como o balcão de uma janela e contempla o mundo que se estende em toda a sua vastidão diante dele. Logo: há uma janela que se debruça sobre o mundo. Do lado de lá está o mundo; mas e do lado de cá? Também o mundo: que outra coisa queríamos que fosse? Com um pequeno esforço de concentração, Palomar consegue deslocar o mundo dali de frente e colocá-lo debruçado no balcão. Então, fora da janela, que resta? Também lá está o mundo, que para tanto se duplicou em mundo que observa e mundo que é observado. E ele, também chamado "eu", ou seja, o senhor Palomar? Não será também ele uma parte do mundo que está olhando a outra parte do mundo? Ou antes, dado que há um mundo do lado de cá e um mundo do lado de lá da janela, talvez o eu não seja mais que a própria janela através da qual o mundo contempla o mundo. Para contemplar-se a si mesmo o mundo tem necessidade dos olhos (e dos óculos) do senhor Palomar.

Logo, não basta que Palomar observe as coisas por fora e não por dentro: daqui por diante irá observá-las com um olhar que vem do exterior, não de dentro de si mesmo. Procura logo fazer a experiência: agora não é ele que está olhando, mas é o mundo exterior que olha para fora. Isto estabelecido, gira o olhar em torno à espera de uma transfiguração geral. Mas qual! É a costumeira mesmice cotidiana que o circunda. Precisa reestudar tudo desde o princípio. Não basta que seja o exterior que esteja observando o exterior: é da coisa observada que deve partir a trajetória que a associa à coisa que observa.

Da superfície muda das coisas deve partir um sinal, um chamado, um piscar: uma coisa se destaca das outras com a intenção de significar alguma coisa... o quê? ela mesma, uma coisa fica contente de ser observada pelas outras coisas só

AS MEDITAÇÕES DE PALOMAR ■

quando está convencida de significar ela própria e nada mais, em meio às coisas que significam elas próprias e nada mais.

As ocasiões desse gênero não são decerto frequentes, mas cedo ou tarde devem apresentar-se: basta esperar que se verifique uma daquelas afortunadas coincidências em que o mundo quer observar e ser observado ao mesmo tempo e o senhor Palomar se encontre passando por ali. Ou seja, o senhor Palomar tampouco deve esperar, porque essas coisas acontecem apenas quando menos se espera.

O universo como espelho

O senhor Palomar sofre muito com a dificuldade de relacionamento com o próximo. Inveja as pessoas que têm o dom de encontrar sempre a coisa certa para dizer, o modo exato de se dirigir a cada um; que estão à vontade com quem quer que seja e põem os outros também à vontade; que movendo-se levianamente entre as pessoas percebem de súbito quando devem defender-se delas ou quando lhes devem ganhar a simpatia e a confiança; que dão o melhor de si mesmas no relacionamento com os demais e induzem os outros a fazer o mesmo; que sabem de improviso o quanto vale uma pessoa em relação a si mesma e em termos absolutos.

"Esses dons", pensa Palomar com a nostalgia de quem se sabe privado deles, "são concedidos aos que vivem em harmonia com o mundo. Para eles é fácil estabelecer um acordo não só com as pessoas mas igualmente com as coisas, os lugares, as situações, as ocasiões, o espalhar-se das constelações no firmamento, o agregar-se dos átomos nas moléculas. Essa avalanche de acontecimentos simultâneos a que chamamos universo não arrasta o afortunado que sabe escapulir pelos interstícios mais sutis entre as infinitas combinações, permutações e cadeias de consequências, evitando as trajetórias dos meteoritos mortíferos e interceptando no voo só os raios benéficos. O universo é amigo de quem é amigo do universo. Ah! quem me dera", suspira Palomar, "também ser assim!"

Decide tentar imitá-los. Todos os seus esforços, daqui para a frente, serão determinados a conseguir uma harmonia tanto com o gênero humano que lhe está próximo quanto com a espiral mais longínqua do sistema das galáxias. Para começar, dado que com seu próximo ele já tem demasiados problemas, Palomar procurará melhorar seu relacionamento com o universo. Afasta e reduz ao mínimo a frequentação de seus semelhantes; habitua-se a fazer um vácuo na mente, dela expelindo todas as presenças indiscretas; observa o céu nas noites estreladas; lê livros de astronomia; familiariza-se com a ideia dos espaços siderais a ponto de ela se tornar um utensílio permanente de sua ambientação mental. Depois busca proceder de forma que seus pensamentos tenham presentes ao mesmo tempo as coisas mais próximas e as mais afastadas: quando acende o cachimbo a atenção que dá à chama do fósforo que na tragada seguinte deveria ser aspirada até o fundo do fornilho para dar início à lenta transformação em brasas dos fios de tabaco não deve fazê-lo esquecer nem mesmo por um átimo a explosão de uma supernova que se está produzindo na Grande Nuvem de Magalhães naquele exato momento, ou seja, há alguns milhões de anos passados. A ideia de que tudo no universo se interliga e corresponde não o abandona jamais: uma variação de luminosidade na nebulosa de Câncer ou a condensação de um amontoado globular na de Andrômeda não podem deixar de ter uma influência qualquer sobre o funcionamento dos toca-discos ou sobre o frescor das folhas de agrião em seu prato de salada.

Quando está convencido de haver delimitado exatamente seu lugar em meio à muda vastidão das coisas que flutuam no espaço, entre as miríades de eventos reais ou possíveis que pairam no espaço e no tempo, Palomar decide que é chegado o momento de aplicar essa sabedoria cósmica às relações com seus semelhantes. Apressa-se em voltar a ser sociável, reata conhecimentos, relações comerciais, submete a um atento exame de consciência seus vínculos e afetos. Fica na expectativa de ver distender-se diante de si uma paisagem humana

■ *AS MEDITAÇÕES DE PALOMAR*

finalmente nítida, clara, sem névoas, na qual poderá mover-se com gestos precisos e seguros. E então? Nem por isso. Começa a engolfar-se num enredado de mal-entendidos, vacilações, compromissos, atos falhos; as questões mais fúteis se tornam angustiantes, as mais graves se achatam; cada coisa que ele diz ou faz parece desajeitada, fora de tom, irresoluta. Que será que não funciona?

Isto: contemplando os astros, ele se habituou a considerar--se um ponto anônimo e incorpóreo, quase a esquecer-se de existir; agora, para tratar com os seres humanos não pode deixar de pôr-se em jogo a si mesmo, e o seu si mesmo ele não sabe mais onde se encontra. Diante de cada pessoa devíamos saber como nos situar, estar seguros das reações que nos inspira a presença do outro — aversão ou atração, superioridade sentida ou imposta, curiosidade ou desconfiança ou indiferença, domínio ou submissão, discipulado ou magistério, espetáculo como ator ou como espectador —, e com base nessas e nas contrarreações do outro estabelecer as regras do jogo a serem aplicadas na partida entre nós, as ofensivas e defensivas a que podemos recorrer. Por tudo isso, antes de nos metermos a observar os outros, devíamos nos conhecer melhor. O conhecimento do próximo tem isto de especial: passa necessariamente através do conhecimento de nós mesmos; e é justo isso o que falta ao senhor Palomar. E não se trata apenas de conhecimento, mas também de compreensão, acordo entre os próprios meios e fins e pulsões, o que implica possibilidade de exercitar um certo domínio sobre as próprias inclinações e ações, a fim de que elas nos controlem e dirijam mas não nos coíbam ou nos sufoquem. As pessoas de quem ele admira a justeza e a naturalidade de cada palavra e de cada gesto estão, antes mesmo que em paz com o universo, em paz consigo mesmas. Palomar, por não se amar, procedeu de modo a nunca se encontrar face a face consigo mesmo; é por isso que preferiu refugiar-se entre as galáxias; agora compreende que devia ter começado pela busca de uma paz interior. O universo talvez possa levar sua vida tranquilo; ele decerto não.

AS MEDITAÇÕES DE PALOMAR ■

O caminho que lhe resta aberto é o seguinte: dedicar-se doravante ao conhecimento de si mesmo, explorar sua própria geografia interior, traçar o diagrama dos movimentos de seu ânimo, extrair dele as fórmulas e teoremas, apontar o telescópio para as órbitas traçadas do curso de sua vida preferencialmente às das constelações. "Não podemos conhecer nada exterior a nós se sairmos de nós mesmos", pensa agora, "o universo é o espelho em que podemos contemplar só o que tivermos aprendido a conhecer em nós."

E eis que também essa nova fase de seu itinerário à procura da sabedoria se completa. Finalmente poderá vaguear com o olhar dentro de si. Que verá? Seu mundo interior lhe surgirá como um calmo e imenso girar de uma espiral luminosa? Verá navegarem em silêncio estrelas e planetas em parábolas e elipses que determinam o caráter e o destino? Contemplará uma esfera de circunferência infinita que tem o eu por centro e o centro em cada ponto?

Abre os olhos; o que surge ao seu olhar é algo que lhe parece já ter visto todos os dias: ruas cheias de gente apressada que abre seu caminho a cotoveladas, sem se olhar no rosto, entre altos paredões espigosos e descascados. No fundo, o céu estrelado esguicha fulgores intermitentes como um mecanismo emperrado, que chia e estremece em todas as suas junturas não lubrificadas, posto avançado de um universo periclitante, retorcido, sem descanso como ele.

Como aprender a estar morto

O senhor Palomar decide que doravante procederá como se estivesse morto, para ver como o mundo se comporta sem ele. Em pouco tempo se dá conta de que entre ele e o mundo as coisas não estão mais como antes; se antes achava que esperavam algo um do outro, ele e o mundo, agora já nem se recorda do que haviam de esperar, de bom ou de mau, nem por que essa espera o mantinha em perpétua agitação ansiosa.

O senhor Palomar deveria consequentemente experimentar uma sensação de alívio, não tendo mais que indagar o que o mundo lhe prepara, e deveria também perceber o alívio do mundo por não ter mais que se preocupar com ele. Mas até mesmo a expectativa de saborear essa calma é o bastante para deixar o senhor Palomar ansioso.

Em suma, estar morto é menos fácil do que poderia parecer. Em primeiro lugar, não se deve confundir estar morto com não existir, condição que ocupa também a interminável extensão de tempo que precede ao nascimento, aparentemente simétrica com a também ilimitada que se segue à morte. Na verdade, antes de nascer fazíamos parte das infinitas possibilidades de vida que poderiam ou não realizar-se, enquanto mortos já não podemos nos realizar nem no passado (a que pertencemos então de todo mas sobre o qual já não podemos influir) nem no futuro (que, embora influenciável por nós, nos permanece vedado). O caso do senhor Palomar é na realidade mais simples, tendo em vista que sua capacidade de influenciar sobre algo ou alguém sempre foi considerada desprezível; o mundo pode perfeitamente passar sem ele, e ele pode considerar-se morto com toda a tranquilidade, sem precisar sequer mudar seus hábitos. O problema é a mudança não naquilo que ele faz mas no que é, e mais precisamente no que é em relação ao mundo. Antes, por mundo ele entendia o mundo mais ele; agora se trata dele mais o mundo sem ele.

O mundo sem ele significará para ele o fim da ansiedade? Um mundo em que as coisas acontecem independentemente de sua presença e de suas reações, seguindo uma lei ou necessidade ou razão própria que não diz respeito a ele? A onda bate nos escolhos e cava a rocha, outra onda sobrevém, e mais outra, e outra ainda; esteja ele aqui ou não, tudo continua a acontecer. O alívio de estar morto deveria ser este: eliminada a mancha de inquietude que é a nossa presença, a única coisa que conta é o estender-se e o suceder-se das coisas sob o sol, em sua serenidade impassível. Tudo é calma ou tende à calma, mesmo os furacões, os terremotos, a erupção dos vulcões. Mas o mundo não era assim quando ele estava aqui? Quando cada tempestade trazia em si a paz que se segue a ela, não estaria preparando o momento em que todas as ondas terão quebrado na praia e o vento terá exaurido a sua força? Talvez estar morto seja passar no oceano das ondas que permanecem ondas para sempre, logo é inútil esperar que o mar se acalme.

O olhar dos mortos é sempre um tanto depreciatório. Lugares, situações, ocasiões são grosso modo aquilo que já se esperava, e reconhecê-los dá sempre uma certa satisfação, embora ao mesmo tempo se notem muitas variações grandes ou pequenas, as quais em si e por si poderiam também ser aceitas se correspondessem a um desenvolvimento lógico e coerente, mas em vez disso resultam arbitrárias e irregulares e isso provoca fastio, sobretudo porque somos sempre tentados a intervir para trazer aquelas correções que nos parecem necessárias

AS MEDITAÇÕES DE PALOMAR

mas que não podemos fazer por estarmos mortos. Daí uma atitude de relutância, quase de impasse, mas ao mesmo tempo de suficiência, como daquele que sabe que o que conta é a própria experiência passada e que não se deve dar muita importância a tudo o mais. Depois uma sensação dominante não tarda em apresentar-se e impor-se ao nosso pensamento: é o alívio de saber que todos os problemas são problemas dos outros, casos deles. Aos mortos não deve importar mais nada porque não lhes compete mais pensar nisso; e mesmo que isso possa parecer imoral, é nessa irresponsabilidade que os mortos encontram sua alegria.

Cada vez mais o estado de ânimo do senhor Palomar se avizinha daquele aqui descrito, e cada vez mais a ideia de estar morto apresenta-se a ele como natural. É verdade que ainda não encontrou o distanciamento sublime que pensava fosse próprio dos mortos, nem uma razão que suplante qualquer explicação, nem a saída dos próprios limites como de um túnel que desemboca em outras dimensões. Às vezes se ilude julgando estar liberado pelo menos da impaciência que o acompanhou durante toda a vida ao ver os outros se enganarem em tudo aquilo que fazem e ao pensar que também ele em seu lugar se enganaria tanto quanto eles, ainda que se desse conta disso. Mas, ao contrário, não se libertou de fato; e compreende que a intolerância para com os erros próprios e alheios se perpetuará juntamente com os mesmos enganos que nenhuma morte apaga. Portanto pouco importa habituar-se: estar morto para Palomar significa habituar-se à desilusão de se encontrar igual a si mesmo num estado definitivo que não pode mais pretender mudar.

Palomar não subestima as vantagens que a condição de vivo pode ter sobre a de morto, não no sentido do futuro, em que os riscos são sempre muito grandes e os benefícios podem ser de curta duração, mas no sentido da possibilidade de melhorar a forma do próprio passado. (A menos que já se esteja plenamente satisfeito com o próprio passado, caso de tão pouco interesse para valer a pena nos ocuparmos dele.) A vida de uma pessoa consiste num conjunto de acontecimentos em que o último poderia até mesmo mudar o sentido de todo o conjunto, não porque conte mais que os precedentes mas porque desde que se incluam numa vida os acontecimentos se dispõem numa ordem que não é cronológica mas responde a uma arquitetura interna. Por exemplo, uma pessoa lê na idade madura um livro importante para ela, que a leva a dizer: "Como pude viver sem ter lido isto?", ou ainda: "Que pena que não o li quando era jovem!". Pois bem, essas afirmações não têm muito sentido, principalmente a segunda, porque a partir do momento em que leu aquele livro sua vida se torna a vida de alguém que leu aquele livro, e pouco importa que o tenha lido cedo ou tarde, porque até mesmo a vida precedente àquela leitura assume agora uma forma designada por aquela leitura.

Este é o passo mais difícil para quem quer aprender a estar morto: convencer-se de que a própria vida é um conjunto fechado, todo no passado, ao qual já nada mais se pode acrescentar; tampouco se podem introduzir modificações de perspectiva nas relações entre seus vários elementos. Certamente os que continuam a viver podem, com base nas modificações por eles vividas, introduzir modificações até na vida dos mortos, dando forma ao que não a tinha ou que parecia ter uma forma diversa: reconhecendo, por exemplo, um justo rebelde naquele que era vituperado por seus atos contra as leis, celebrando um poeta ou um profeta naquele que estaria condenado à neurose ou ao delírio. Mas são modificações que contam sobretudo para os vivos. Para os mortos, seria difícil tirar algum proveito delas. Cada um é feito daquilo que viveu, e isso ninguém lhe pode arrancar. Quem viveu sofrendo, permanece feito de seu sofrimento; se pretende subtrair-se a ele, já não será mais o mesmo.

Por isso Palomar se prepara para se tornar um morto escorbútico, que mal suporta a condenação de permanecer assim como é, mas não está disposto a renunciar a nada de si nem mesmo se lhe pese.

■ *AS MEDITAÇÕES DE PALOMAR*

Não há dúvida de que se possa insistir sobre dispositivos que assegurem a sobrevivência de pelo menos uma parte de si mesmo na posteridade, classificáveis sobretudo em duas categorias: o dispositivo biológico, que permite transferir à descendência aquela parte de si mesmo que se chama patrimônio genético, e dispositivo histórico, que permite transferir à memória e à linguagem de quem continua a viver aquele tanto ou aquele pouco de experiência que até o homem mais desprovido recolhe e acumula. Esses dispositivos podem também ser vistos como um só, pressupondo-se o suceder das gerações como as fases da vida de uma única pessoa que continua por séculos e milênios; mas com isso consegue-se apenas procrastinar o problema, da própria morte individual à extinção do gênero humano, por mais tarde que esta possa ocorrer.

Pensando na própria morte, Palomar pensa já naquela dos últimos sobreviventes da espécie humana ou de seus descendentes ou herdeiros: no globo terrestre devastado e deserto desembarcam os exploradores de um outro planeta, decifram os traços registrados nos hieróglifos das pirâmides ou nas fichas perfuradas das calculadoras eletrônicas; a memória do gênero humano renasce de suas cinzas e se dissemina pelas zonas habitadas do universo. E assim de procrastinação em procrastinação se chega ao momento em que será o tempo de se consumir e se extinguir num céu vazio, quando o último suporte material da memória de viver se houver degradado numa chama de calor, ou tiver cristalizado seus átomos no gelo de uma ordem imóvel.

"Se o tempo deve acabar, pode-se descrevê-lo, instante por instante", pensa Palomar, "e cada instante, para se poder descrevê-lo, se dilata tanto que já não se vê mais seu fim." Decide que se porá a descrever cada instante de sua vida, e enquanto não os houver descrito a todos não pensará mais em estar morto. Neste momento morre.

112

ÍNDICE

As cifras 1, 2, 3 que numeram os títulos do índice, estejam elas em primeira, segunda ou terceira posição, não têm apenas um valor ordinal, mas correspondem a três áreas temáticas, a três tipos de experiência e de interrogação que, em diferentes proporções, estão presentes em cada parte do livro.

Os 1 correspondem geralmente a uma experiência visiva, que quase sempre tem por objeto formas da natureza; o texto tende a configurar-se como uma descrição.

Nos 2 estão presentes elementos antropológicos, culturais em sentido amplo, e a experiência envolve, além dos dados visivos, também a linguagem, os significados, os símbolos. O texto tende a desenvolver-se em narrativa.

Os 3 dão conta das experiências de tipo mais especulativo, respeitantes ao cosmo, ao tempo, ao infinito, às relações entre o eu e o mundo, às dimensões da mente. Do âmbito da descrição e da narrativa se passa ao da meditação.

1. As férias de Palomar

1.1. *Palomar na praia*
    1.1.1. Leitura de uma onda, *7*
    1.1.2. O seio nu, *12*
    1.1.3. A espada do sol, *15*

1.2. *Palomar no jardim*
    1.2.1. Os amores das tartarugas, *21*
    1.2.2. O assovio do melro, *24*
    1.2.3. O gramado infinito, *29*

1.3. *Palomar contempla o céu*
    1.3.1. Lua do entardecer, *33*
    1.3.2. O olho e os planetas, *36*
    1.3.3. A contemplação das estrelas, *41*

2. Palomar na cidade

2.1. *Palomar no terraço*
    2.1.1. Do terraço, *49*
    2.1.2. A barriga do camaleão, *53*
    2.1.3. A invasão dos estorninhos, *57*

2.2. *Palomar vai às compras*
   2.2.1. Um quilo e meio de *confit de canard, 63*
   2.2.2. O museu dos queijos, *66*
   2.2.3. O mármore e o sangue, *70*

2.3. *Palomar no zoo*
   2.3.1. A corrida das girafas, *73*
   2.3.2. O gorila albino, *75*
   2.3.3. A ordem dos escamados, *78*

3. Os silêncios de Palomar

   3.1. *As viagens de Palomar*
      3.1.1. O canteiro de areia, *85*
      3.1.2. Serpentes e caveiras, *88*
      3.1.3. A pantufa desparelhada, *91*

   3.2. *Palomar em sociedade*
      3.2.1. Do morder a língua, *93*
      3.2.2. Do relacionar-se com os jovens, *95*
      3.2.3. O modelo dos modelos, *97*

   3.3. *As meditações de Palomar*
      3.3.1. O mundo contempla o mundo, *101*
      3.3.2. O universo como espelho, *104*
      3.3.3. Como aprender a estar morto, *108*

1ª EDIÇÃO [1994] 3 reimpressões
2ª EDIÇÃO [2004] 2 reimpressões

ESTA OBRA FOI COMPOSTA PELA VERBA EDITORIAL EM GARAMOND LIGHT
E IMPRESSA EM OFSETE PELA GRÁFICA PAYM SOBRE PAPEL PÓLEN BOLD
DA SUZANO S.A. PARA A EDITORA SCHWARCZ EM SETEMBRO DE 2023

A marca FSC® é a garantia de que a madeira utilizada na fabricação do papel deste livro provém de florestas que foram gerenciadas de maneira ambientalmente correta, socialmente justa e economicamente viável, além de outras fontes de origem controlada.